17,50

W0221490

OMDAT HIJ MIJN VRIEND WAS

ROMAN

OMDAT HIJ MIJN VRIEND WAS

ROMAN

RONY VAN GASTEL

UITGEVERIJ VAN HALEWYCK

© 2007 – Rony Van Gastel & Uitgeverij Van Halewyck
Diestsesteenweg 71a – 3010 Leuven
www.vanhalewyck.be

Cover & schilderij zijflap: Filip Coopman
Druk: Bercker, Kevelaer

NUR 301
ISBN 978 90 78616 02 3
D/2007/7104/32

Voor Nederland: United Media Company
Baarnsche Dijk 19 – 3741 LP Baarn
Tel. +31 (0)35 548 20 99
Fax +31 (0)35 548 20 98
Mail: info@unitedmediacompany.nl
www.unitedmediacompany.nl

United Media Company
cross media branding and publishing

Ik weet niet hoeveel dagen me nog resten. Twee? Tweehonderd? Natuurlijk weet geen mens hoeveel tijd hij hier beneden nog heeft. Maar ik moet er in elk geval aan beginnen, mijn kostbare tijd niet langer verspillen.

Straks begint mijn proces zonder dat mijn verhaal op papier staat. Ik hoop dat de leden van de jury geduld zullen hebben, dat ze deze regels lezen voor ze hun vonnis vellen. Niet dat ik op hun clementie reken – ik ben klaar om te sterven, sinds een paar maanden al. Nu de stem van de mijnen is verstomd ben ik al halfdood. Maar ik wil de waarheid aan het licht brengen, mijn monoloog voor vier muren tot het bittere einde debiteren.

1.

Het is begonnen met een brief. Drie velletjes waarin hij me vroeg – smeekte – of ik naar de stad wilde komen.

Ik kom je ophalen in het station, Gustl. Je komt gewoon bij mij wonen. Er is plaats voor twee. De eerste dagen toch, later zien we wel. Weet je, ik woon bij een oude Poolse (...)

Kun je geloven dat ik de keizer al heb zien voorbijrijden? Wist je dat zijn gouden koets getrokken wordt door zes witte paarden, maar dat ze toch iets heeft van een krakend karrenwiel?

Ik moet het toegeven: de stad heeft me in haar greep. Ze omarmt me als een moeder en geeft me de warmte van een versleten mantel. Ik besef dat het allemaal te groots is om te beschrijven, Gustl. Echt, elke jongeman zou dit moeten beleven, dit is waarlijk het echte leven!

Dooie woorden, waarachter ik angst las en eenzaamheid. Hij was al onder de indruk geweest van Linz, een provinciaal nest, niet meer dan een verzamelplaats van een legertje ambtenaren en hun opgetutte boerenmeiden. Hoe zou het hem dan vergaan in de hoofdstad, waar hij niemand kende en niemand hem? Zonder mij was hij alleen, maar dat zou hij nooit toegeven, nog voor geen duizend kronen.

Al was zijn brief pathetisch en barok, op mijn oudjes maakten zijn hoogdravende zinnen aardig wat indruk. Ze beweerden dat ze 'tijd nodig hadden om aan het idee te wennen'. Geen maand later haalde mijn vader een hamer uit zijn atelier en verbrijzelde plechtig de porseleinen buik van het spaarvarken. Zwijmelend van geluk viel ik in zijn armen: ik mocht naar de hoofdstad, om er mijn studies te vervolmaken.

2.

Om tien over negen zette de trein zich in beweging. Ik kende het station, maar de reis was nieuw. Zonder het echt te willen, nam ik afstand. Van mijn ouders, van mijn stad. En van mezelf.

De stoomfluit floot.

Mijn vader stak onhandig zijn hand op, mijn moeder weende.

Ik had zin om te wenen, ik stak onhandig mijn hand op.

De lange, lege avond die voorafging aan mijn vertrek hadden ze me doodgeknuffeld met goede raad en waarschuwingen tegen de verlokkingen van de stad.

'Denk aan de vier L-en, Gustl! Leegte, Luiheid, Lust en Luxe.'

Voor mij betekende de stad alleen maar Licht en Leven, ook met een grote L.

De eerste dagen was ik onder de indruk. Van de pose van de stedelingen, de snelheid van de automobielen, het zandsteen en het graniet. Ik ruilde mijn pet voor een gibus, terwijl hij er met zijn zilveren manchetknopen, snorretje en ebbenhouten stok uitzag als een dandy, onbekommerd door de zwaarte van het Rijk. In de avondschemer liepen de Burgring en de Opernring vol onbeschroomde elegantie. Elektrisch licht verzachtte de blik van de dames, terwijl de linten van hun hoofddeksels door de lucht leken te dansen, als blindemannetjes van de liefde. Pompeuze paleizen schonken hun putti en valse renaissance aan het nieuwerwetse licht. Gouden druppels spiegelden kringen in de fonteinen.

Het werd me snel duidelijk dat het niet meer was dan een illusie, dat de hoofdstad zich opmaakte als een ouwe vrijster. Dat ze zich mooier, groter en bijdetijdser voordeed dan ze in werkelijkheid was. Als geruïneerde oude adel klampte het rijk zich vast aan uiterlijk vertoon. Maar geen kwartier stappen – het makkelijkst ging dat langs de Mariahilfer – of je stond in de Stumpergasse. Had de Mariahilfer nog iets glorieus, de Stumpergasse was tot in haar fundamenten bezwaard met middelmatigheid. Al deden de bewoners zo hun best om zichzelf – of zeker wel de buren – van het tegendeel te overtuigen. De deur van nummer 29 droeg twee ovalen venstertjes met gebarsten melkglas in de uitsparing van een onhandig gesneden laurierkrans. Een ode aan de mensen van de straatkant, die blonken van keurigheid. Wij, ratten van het achterhuis, deelden een hol achterin, dat naar paraffine stonk en kattenpis. Het kon me niets schelen, ik was achttien en dacht mijn weg te gaan. In werkelijkheid ging ik zijn weg.

Na een dag of vijf kwamen we voor het eerst in aanvaring. Echt ruzie was het niet, voor ruzie was ik te klein – of hij te groot. Maar zijn uitval verbaasde en kwetste me. We liepen als alle vorige avonden te dwalen langs de ring

– de Burgring, Gustl! – toen hij halt hield in de omgeving van het huis W. Hij zou me alweer 'iets wonderlijks' laten zien. Ik moest mijn ogen sluiten. Hij nam me bij de hand en liet me voetje voor voetje voort schuifelen. Honderd stappen rechtdoor, kwartdraai naar rechts, twintig passen achteruit. Ogen... open! We stonden voor een gebouw met frontons vol ontoegankelijke wezens. Hooghartige lampen staarden me aan en vertelden me hoe arm ik was, hoe rijk de meesters van het licht. Uit de ramen klonk een mengeling van Strauss en beschaafde conversaties. Het huis was nog overdadiger dan de wals, de architect had de spinsels van zijn hoofd in schaamteloos stucwerk gegoten. Ik durfde eerst niets te zeggen, verdapperde dan en zei dat 'naar mijn smaak de juiste maat zoek was.' A trok wit weg en liep vervolgens rood aan. Wat een bekrompen provincialistische visie had ik toch op de bouwkunst! En dat ik het nooit meer – nooit! – moest wagen om kritiek te spuien op Fischer von Erlach, Loos of Baumann. Wist ik wat van architectuur!

Geen vijf minuten later was hij alweer zijn oude zelf, terwijl ik de rest van de avond alleen nog van ja en van nee knikte. Hij merkte het niet, hij was alleen in zichzelf geïnteresseerd. Toen al. Maar dat heb ik pas later begrepen... Dat niet de architectuur hem boeide, maar zijn briljante ideeën over architectuur. Dat niet August Kubizek zijn vriend was, maar dat hij verliefd was op de spiegel die ik hem voorhield. Een spiegel die hem groter en slimmer heeft gemaakt dan hij was. Soms denk ik, vrees ik, dat hij zonder die liefhebbende leugenspiegel voor altijd niemand zou zijn geweest.

Hij leefde 's nachts. Overdag lag hij op bed, met open ogen en een gesloten gemoed. Ik ging boodschappen doen en vond hem twee uur later op dezelfde plek. Ik hielp Frau Zakreys, onze conciërge, met het koken en vond hem na het schillen van een emmer aardappelen in een ongewijzigd lamlendige positie. Maar 's avonds na de afwas bleek hij onverhoeds aan de slag gegaan, worstelend met schetsen en schema's. Hij vertelde honderduit en tot diep in de nacht waren we machtig en rijk. Het provincienest Linz werd in geen tijd omgebouwd tot wereldstad, een spectaculaire boogbrug overspande het gletsjerwater, de rivier werd het middelpunt van het heelal. We ontwierpen een ondergronds station en verbouwden het theater tot een tempel die Linz – 'de stad van Bruckner, Gustl, vergeet dat nooit!' – waardig was.

Hij leek maar niet genoeg te krijgen van die jongensachtige spielerei, maar voor mij brak het echte leven aan. Ik legde examen af en begon aan het conservatorium. Trots schreef ik aan mijn ouders dat ik me voortaan op voet van gelijkheid bevond met mijn vriend A, laureaat aan de academie. Ik mocht pa's stoffige atelier voorgoed uit mijn toekomstbeeld bannen... uren had ik er kussentjes gevuld, versleten rococo overtrokken met rood ribfluweel. Vervlogen tijden! Van nu af aan zou ik me geheel aan de muziek wijden. Ik stond op rond zessen om mijn lessen voor te bereiden. A beweerde dat ik overdreef, zei dat ik mijn – en zijn! – energie 'volstrekt zou uitputten'. WAT EEN GETINGEL! Kwam ik tegen de middag terug, dan sliep hij nog, of deed hij alsof. Was ik voor zijn luim te luidruchtig, dan werd hij uitzinnig, stelde hij zich schaamteloos aan. Hij maakte misbruik van mijn blinde adoratie en van mijn geld – mijn ouders' geld. Maar net als het me allemaal te veel dreigde te worden, zo rond de avondschemer, maakte zijn onhandelbaarheid plaats voor bevlogenheid. Dan gingen we naar de opera... soms wel tien keer naar dezelfde uitvoering. Deed Parcifal de rotonde zinderen, dan hief hij in extase zijn hoofd, dirigeerde denkbeeldige koren en heerste over de wereld aan zijn voeten. Thuis, na de uitvoering, werd het orkest gekelderd, de dramaturgie aangepast en de muziek in een nieuwe toonsoort gezet. Meer dan eens viel ik in slaap bij zijn monologen. Het scheen hem niet te deren. Midden in de nacht stond hij naast mijn bed en sloeg me op de schouders: 'Podom – po dom – pauw – paaaauuuwwww... G-groot – Groot, Gustl... extase, verrukking, waanzin... Pure wáánzin!'

3.

Vrienden had hij niet, meisjes zag hij niet. Ook al kreeg hij alle vrouwelijke aandacht die ik meende te verdienen. Een blik die een fractie langer duurde dan betamelijk, een hoofd dat nodeloos langzaam werd afgewend... die eer viel mij zelden te beurt. Op een avond in de Staatsoper – hij had zich alweer aangesteld en er was een opstootje van gekomen dat was geëindigd in een handgemeen met de applausmeester – stopte een dienstbode hem een briefje toe. A noemde het een 'verfoeilijk *billet*' en gaf het mij in handen... 'als ik jou er een plezier mee kan doen, Gustl...' Ik was al op de plek van afspraak. Met bonzend hart, want die vrouw had hém toch gevraagd, niet mij! Ik vreesde een hautain gebaar, een vernederende lach. Maar niets daarvan, mevrouw bleek niet kieskeurig. 'Oostenrijk gaat aan zijn vrouwen ten onder!' Ik had die volkswijsheid al vaak gehoord, voor het eerst begreep ik de waarheid die erin school.

Het was middernacht voorbij toen ik weer binnenviel in ons vrijgezellenkot in de Stumpergasse. A liep heen en weer, gooide zijn armen geënerveerd in de lucht en had niet de minste belangstelling voor mij en mijn avontuur. Het kwam me goed uit en maakte me boos tegelijk: was ik dan alleen zijn vriend, en hij niet de mijne? We hadden het al honderd keer over opera en architectuur gehad, maar over het leven en de liefde, nooit. Natuurlijk wel in de meest algemene termen, maar nooit eens over de verlokkingen van het lijf, de begeerte van het vlees. We waren toch jong en man, al bijna man! Maar hij bleef de meisjes uit de weg gaan, en had volgens mij nooit een andere vrouw dan zijn halfzus van nabij gezien. Liever stelde hij omgangsregels op, die de verhoudingen tussen de geslachten voor de eeuwigheid regelden. Natuurlijk mag ik Stefanie niet vergeten, zijn grote liefde, 'die hij in Linz had moeten achterlaten'. Zoals Stefanie liepen er naar mijn mening wel meer rond: de brede heupen van een boerenmeid maar tengere, werkschuwe schouders die weinig goeds voorspelden. Maar volgens hem had ze het allemaal... in theorie dan, alsof het hem om het concept Stefanie ging, niet om de vrouw. Hij verwarde haar troebele blik met 'de mystiek in haar ogen' en beweerde dat haar blonde boerenvlechten 'haar met een krans van licht omgaven'. Hij aanbad zijn Stefanie met een smetteloze liefde, en haspelde droom en meisje door elkaar. In bombastische visioenen zag hij haar in een wit gewaad naar hem toe schrijden. In werkelijkheid zou hij geen vijf woorden met haar wisselen.

Zelfs in Wenen, de hoofdstad van het plezier, naderde hij een meisje nooit tot op minder dan een meter, alsof hij lijf en leden op een laag pitje had gezet. Ook al droop de erotiek van de straten, slechts één keer kon ik hem betrappen. Dat was thuis, op bed, met zo'n verboden boekje. Ik was opgelucht en een beetje beschaamd tegelijk. *Mannenvriendschap* heette het, en de fatterige illustraties lieten weinig twijfel bestaan over de aard van de vriendschap. 'Wat een adorabele manslijven,' riep ik en dat was toch vooral vrolijk bedoeld. Maar toen ik het boekje in handen probeerde te krijgen, het deken van zijn schoot probeerde weg te ritsen liep hij rood aan. 'ALLEEN HIJ DIE HET KWAAD KENT, KAN HET KWAAD BESTRIJDEN.' Daar moest ik het mee doen.

Ik was nu degene die aandrong om nog maar eens een voorstelling van *Rienzi* bij te wonen, al kon die opera van de jonge Wagner de vergelijking met zijn latere meesterwerken niet doorstaan. Als ik *Rienzi* toch een vierde, vijfde en zesde keer wilde zien, dan was het alleen om die charmante vrouw uit de opera opnieuw te kunnen ontmoeten. Bij elke pathetische acclamatie van de Romeinen voor hun Rienzi werd A haast gek. Ik tuurde met mijn theaterkijker naar de betere plaatsen, en deze keer niet met de bedoeling een glimp op te vangen van de gasten in de keizerlijke loge.

Cecco: Geschaffen hat er uns zum Volk,
Drum hört mich an und stimmt mir bei:
Es sei sein Volk und Köning Er!

Volk (wild enthousiast):
Rienzi Heil! Der Römer Köning! Heil!

Terwijl A – niet bepaald het type van de middeleeuwse volksmenner – niet genoeg kon krijgen van de heldendaden van Rienzi, maakte ik het einde van de voorstelling niet meer mee. Tijdens de tweede pauze had mevrouw me een kaartje laten bezorgen, met de dwingende boodschap om me zonder verwijl naar hotel S. te begeven. Ik aarzelde even, en liep met bonzend hart de volwassenheid tegemoet.

Zij werd er met de honneurs ontvangen, terwijl ik recht had op een ijzige beleefdheid. Mevrouw vroeg me hoe ik mijn dag had doorgebracht, en terwijl ze verstrooid naar mijn antwoord luisterde, bestelde ze Blaufränkisch, wist ik veel dat dat wijn was. Ze was niet jong en niet oud. Een vrouw van, schat ik, ergens in de dertig. Scherpe blik, donkere ogen en Slavische jukbeenderen. Haar ordonnans kwam bij ons aanzitten, een onaangename kerel met een gulzige snor en een lijfgeur. Hij kneep mijn hand haast tot moes en keek me recht in de ogen, terwijl ik aan een verwarde uitleg begon over *Rienzi*, Rome en het... Capitool, de... Palatijn.

Twee snelle glazen later liet hij ons alleen. Mevrouw maande me aan om kamer vijftien op te zoeken, 'op de etage'. Er was Sachertorte en champagne. Mijn hoofd tolde en mijn hart... ik probeerde alsnog de gedachte aan Luxe, Lust en Leegheid te bannen. Maar de gordijnen waren van satijn en toen mevrouw binnenkwam, beval ze me 'die verschenen lappen' dicht te schuiven. Ze lachte en maakte een paar lichtvoetige pasjes, waarbij ze haar heupen gracieus in mijn richting draaide en dan weer weg. Ze kwam bij me staan, zo uitdagend dicht dat ik de warmte van haar schoot meende te voelen. 'Je bent jong, August,' fluisterde ze, terwijl ze over mijn haren streek. 'Jij hebt de tijd nog voor je, maar ik heb zoveel geduld niet meer.' Ze raakte mijn lippen aan met een tipje van haar vinger en zei dat het bad klaar was. Nooit eerder was ik zo jong geweest, een kind nog in het rijzende lichaam van een man. In mijn hoofd vocht de verboden vrucht een verwarrend gevecht met de wassende schaamte. Ik gaf me over, te snel naar haar smaak, vroeg haar op mijn knieën om vergiffenis en smeekte om haar weer te mogen zien. Over een paar weken, zei ze. Ze zou contact opnemen 'op de geëigende manier'. Een paar weken...

A begreep niet dat ik niet tot op het eind had willen blijven. Voor een vrouw dan nog!

Rienzi : So hört nun mein letztes Wort:
So lang die siebel Hügel Romas stehen
So lang die ewige Stadt nicht wird vergehen,
Sollt Ihr Rienzi wiederkehren sehen

(Het Capitool staat intussen in brand...)

Een paar dagen na de laatste voorstelling – ik had al lang spijt van de twaalf kronen voor de entreekaartjes – begon A te werken aan 'zijn eigen opera'. Een spektakel met ballet, fakkeltochten en levensgrote decors. We waren tot 's ochtends aan de slag. A, die niets van muziek begreep, was de componist. Ik, weldra beroepsmusicus, mocht proberen de verwarde klanken die hij uit mijn piano haalde om te zetten in hele en halve noten. Meer dan eens beukten de buren op de muren. Meer dan eens smeekte ik om rust. 's Ochtends kreeg ik in de les contrapunt een strenge blik of een onvoldoende. Maar 's avonds was het eten nog niet klaar of A zette me alweer aan het werk, want hij had de hele dag op zijn povere Wagner-imitatie liggen broeden... Ik bezwoer hem dat het nergens op geleek, hij hoorde me niet.

Zeven dagen later kwam er een abrupt einde aan zijn muzikale carrière. De muren hingen nog vrolijk vol met muziekpapier, maar A was leeg en dof. Ik probeerde hem op andere gedachten te brengen met mijn eigen verhaal – er was goed nieuws, want als de meester me verwijten had gemaakt dan was dat alleen omdat hij een beloftevol student in me zag. A zweeg. Ik vertelde over Georg, een derdejaars die ons uitnodigde voor een matinee. Het antwoord was nee. Ik begon de ham op te eten die we ons niet konden veroorloven en vroeg hem wat hij zoal had uitgevoerd.

'NIKS HEB IK GEDAAN, HELEMAAL NIKS... VREEMD? WELJA, VREEMD... IK BEN NAMELIJK OP BED BLIJVEN LIGGEN... ZOALS GEWOONLIJK DUS... IK HEB DOOR DE STRATEN VAN DE SCHIMMELSTAD GEDWAALD... TUSSEN AL DIE VERWAANDE KLERELIJERS... WEER EENS GEDAAN ALSOF IK NAAR DE LES GING TERWIJL IK IN FEITE...'

Een gegeneerde stilte. '... terwijl ik in werkelijkheid ben geweigerd. Zelfs nooit ben ik toegelaten tot die schijtacademie. De commissie vond mijn tekeningen... middelmatig. De directeur zei dat ik het misschien kon proberen als architect, omdat ik toch van gebouwen...' en, zonder me aan te kijken: 'maar ik kan niet aan architectuur beginnen zonder middelbaar diploma... uiteraard niet.'

Het zwoerdje van de dure ham smaakte ranzig, zoals de reuzel thuis. 'EN HOU IN GODSNAAM JE MOND, WANT AAN MEDELIJDEN HEB IK DE POKKENPEST!... DANKZIJ DAT SOORT GESPUIS... DE STAD NAAR DE DUIVEL... OVERAL, ELKE DAG... ELLENDE EN ARCHITECTONISCHE ONZIN!'

'Zie jij dezer dagen nog grote ideeën? Na de Ring en het Belvedère? Zeg eens?' En zonder het antwoord af te wachten: 'Niks meer! Helemaal niks! Geen ideeën. Geen projecten. Geen visie. Niks... die heren in hun academische burcht, die denken alleen aan diploma's en aan cijfers. Vodjes papier! Maar het echte talent? Stel je voor... De schande! Elk groot talent bewijst natuurlijk alleen hoe middelmatig ze zelf wel zijn. Ik zie het al voor me. De grootste architect van het rijk heeft geen academisch diploma... MAAR WELKE REUS DANST NAAR DE PIJPEN VAN DE DWERGEN? WELKE BERG BUIGT VOOR HET DAL? Begrijpen ze dan niet dat ik tien keer meer kan dan zij ooit zullen kunnen, gewoon door te kijken, door de lichtende voorbeelden uit ons verleden te volgen? Hebben ze echt het lef niet om een authentiek talent tot hun kringen toe te laten? Zijn we zo klein in dit land, zo corporatistisch, zo verworden?'

Hij ging zo nog een halfuur door, een uur misschien. Over eigenaars en bouwheren die de stad – zijn stad! – bevuilden met ongeïnspireerde huurkazernes... over profiteurs die zich leraar noemden en de wijsheid in pacht hadden, dachten te hebben… socialisten die optochten organiseerden in plaats van te werken… Bosniërs, Slovenen en Italianen die de stabiliteit van de natie in gevaar brachten… vrouwen van lichte zeden, die de werkende man van het rechte pad… joden die terug te vinden waren in elke etterende wonde van het rijk… tabakshandelaars en slijters, die teerden op de verslavingen van de massa… ambtenaren die vegeteerden, importeurs van Italiaanse muziek en liefhebbers van Franse wijnen.

Hij nam zijn hoed en stok en vertrok, op zoek naar zijn Grote Gelijk.

4.

Mijn eerste Weense winter was troosteloos en nat. Ik haastte me in alle vroegte door de motsneeuw naar het conservatorium en verdiende 's avonds een paar kronen bij door les te geven aan studenten die minder aanleg voor harmonie hadden dan ik, maar in nettere kleren staken. Het geld was welkom, A zat bijna door zijn erfenis heen. Ik suggereerde dat ook hij een baantje zou nemen, om de ergste kou door te komen, om een zak vette kolen te kunnen kopen. Maar wat ik ook voorstelde – loopjongen, venter, tekenleraar – het was allemaal beneden zijn waardigheid. Zijn laatste geld ging naar entreekaartjes, terwijl hij bespaarde op ham en kolen. Op mijn eten, mijn verwarming. Voor hem telden maar twee dingen: A en zijn beangstigende levensdrift. Maar in die dagen begreep ik dat nog niet, hij was nog de man die me leerde het leven te lezen... een beetje een klaploper misschien, maar toch vooral Mijn Grote Broer. Mijn Vriend.

Van bij de eerste lentezon namen we onze omzwervingen weer op. Mijn benen waren het ritme niet meer gewend en tegen het eind van de dag sjokte ik meters achter hem aan. De eerste keren stapte hij nog met de routineuze gehaastheid van de wintermaanden, maar met het lengen van de dagen vloeide de haast vanzelf uit hem weg. Op een avond in mei, het was heerlijk geweest, stak er een schrale bergwind op. Ik ging tegen een eik aanleunen, haalde mijn hoed uit mijn zak en legde omzichtig de zwarte randen in de plooi. Hij keerde op zijn schreden terug en volgde ernstig mijn voorbeeld. We stonden daar, elk aan een kant van een eik, zonder een woord, terwijl de wind groeven in onze gezichten woei. Toen we elkaar eindelijk durfden aan te kijken, schoten we in de lach – onder zijn rimpelhoed zag hij er een hele vent uit – en toen het lachen over was, gingen we van pure schaamte weer schouder aan schouder door de weiden wroeten.

'Wie ons zo ziet, houdt ons vast voor broers!'

Ik pakte zijn hand vast – om hem gerust te stellen? Het kwam me plots voor dat ik van hem hield, dat ik nooit een ander mens met zoveel innigheid... zelfs moeder niet, mama met wie ik toch al mijn geheimen deelde. Ook zij had mijn wezen nooit zo aangevoeld, niet op die manier.

'Niemand ziet ons hier, Adi! En trouwens, zijn we geen broers dan? Diep vanbinnen?'

Een bergbeek versperde ons klaterend de weg. Naar beneden! Langs boven! Stroomafwaarts! Nee, opwaarts... We kozen – hij koos – stroomopwaarts, verkeerd want het wandelen werd al snel klauteren en het duurde zijn tijd voor we een oversteekplek vonden. Het was duidelijk dat we de terugtocht niet tijdig hadden ingezet. We waren pas rond de middag vertrokken, zonder doel, gewoon de zon en de bergen tegemoet. Flink doorgestapt de eerste uren, maar toen de hellingen langer werden en de drukte van het wijndorp achter ons lag, had hij de pas vertraagd. 'Luister, Gustl, luister naar de stilte'.

Het werd laat, eerst gewoon laat en vervolgens te laat... ik liep de hele tijd rond met dat besef maar hij? Het zou straks de schuld zijn van heel Wenen, van mij om te beginnen. De nachtelijke, hachelijke, strompelende uren terug zou hij gebruiken voor een preek. Hoe weinig verantwoordelijk de mensen dezer dagen wel waren. Hoe ze geen zier meer om elkaar gaven. Dat zelfs ik – die toch zijn vriend was! – enzovoort. De wind wakkerde aan en voerde onweerswolken in zijn zog. Tot twee keer toe zag ik hem lachend achter zijn hoed aanhollen. De eerste druppels vielen. De vogels riepen om bescherming en om een plek om te slapen. Nog altijd had hij niets in de gaten. We zouden Wenen nooit meer halen en dat was zijn schuld – hij bepaalde de weg, hij bepaalde het ritme. Maar kon ik hem op fouten wijzen?

'We halen het niet meer. Straks... hemel, Adi, zie je niet dat het donker wordt!'

Het klonk wanhopiger dan ik had gewild. Maar in plaats van zijn toorn op te wekken brachten mijn woorden hem net rust, alsof hij op een aanzet had gewacht.

'We moeten, Gustl, maar eens een plek zoeken voor de nacht.'

Het onweer bleef in de verte tussen de bossen hangen, terwijl de hemel boven onze hoofden eentonig grijs kleurde. Het ging regenen, zacht maar zonder ophouden. De druppels op zijn hoed vormden beekjes die, wanneer hij zijn hoofd ook maar enigszins schuin hield, in zijn nek dreigden af te wateren. Ik verwachtte gevloek, maar het liet hem koud.

Het schemerde al toen we de veldschuur vonden. We waren doorweekt, nat tot op ons vel, klaar om kou te vatten. Terwijl ik in de weer was met wat er zoal te vinden viel – vier grove linnen doeken die naar vers hooi geurden en kennelijk op het veld waren gebruikt – stond hij naast de deur te bibberen. Mijn ogen gingen wennen aan het duister. Hij had zijn jas uitgedaan en zijn broek en zag er hulpeloos uit, terwijl hij probeerde de pijpen uit te wringen en daarna de mouwen. Hij kon daar zo niet blijven staan, zijn longen waren te fragiel, hij bracht zijn gezondheid in gevaar. De deur, die toch al niet dicht wilde, kreeg een trap.

'Wat wil je dat ik doe, Gustl?'

'Je hemd uittrekken misschien?'

Hij kwam naast me staan. Het hemd plakte aan zijn vel. Toen ik 'armen omhoog' zei, liet hij zich gewillig commanderen. Ik nam een doek en begon zijn bovenlichaam droog te wrijven.

'Je hele lijf heeft kou. Ga liggen!' Ik spreidde een van de doeken uit op het hooi. 'Onderbroek, Adi! Of ga je dat kletsnatte spul aanhouden misschien?'

'Straks,' zei je, 'als het donker is.'

Ik trok mijn kleren uit, wreef me schoon en hing de natte kleren – ook die van jou, op een hoopje achtergelaten op het hooi – over het spant.

Je lag te bibberen op je linnen doek.

'Donker genoeg zo?'

Zonder het antwoord af te wachten haalde ik je broek

aan mijn kant naar beneden, een paar centimeter maar, met één vinger en op zo'n aarzelende manier dat je het als een vriendelijke aanmaning kon opvatten. Er volgde geen protest, je had je een nieuw en volgzaam ik aangemeten. Ik vermande me, ging rechtop zitten en zei, gedecideerd en speels tegelijk: 'Doe dat toch uit, Adi.' Toen je dan piemelnaakt voor me lag begon je, zo leek het me, heviger te rillen. In het halfduister tastte ik naar het droogdoek, reikte het je aan.

'Moet ik hier ook alles zelf doen!' Op gespeeld vermanende toon.

Ik begon je met het geruwde linnen schoon te wrijven, langer dan strikt noodzakelijk, voorzichtig eerst maar harder daarna en gerichter, tot ik je lieveheer vast had, terwijl jij alleen maar klappertandde. Ik wierp het doek weer in het hooi en kwam zo dicht bij je dat we twee lijven voelden. Jij hield je ogen stevig dicht, opeengeklemd alsof je wilde zeggen: ik ben blind, gebeure wat er te gebeuren staat. Nog nooit had ik je zo geweten, zo... willoos. Met je schuin opgerichte geslacht zag je er haast kwetsbaar uit, Adi. Zo onschuldig en lief. Je bleef roerloos wachten op wat komen ging. Ik besloot je eerst in het doek te wikkelen en kwam weer naast je liggen. Ik schoof mijn linkerhand onder het ruwe linnen, behoedzaam en met tastende vingers. 'Eens voelen of je al warmer wordt.' Je huid voelde zacht aan, Adi. Al bijna warm, terwijl je toch bleef beven. Mijn hand zakte, begon te plagen, en toen het plagen van langsom aaien werd, maakte je geen bezwaar. We zegden geen woord maar maakten van onze twee doeken één en tegen die tijd rilden we allebei. De volgende morgen – de zon stond al hoog – was je moeilijker wakker te krijgen dan normaal. 'Volgende keer, Gustl' – terwijl je onze kleren van de spantbalken haalde – 'mogen we niet vergeten proviand mee te nemen voor de ochtend. En iets om te drinken, ik sterf van de dorst.'

Die dagen buiten woonden we in een cocon van onafscheidelijkheid. Gelukkige dagen, misschien wel de mooiste van mijn leven. Adi? Hoor je dat? De mooiste van mijn leven. Zo dicht bijeen en tegelijk zo ver van Leegte, Luiheid en Luxe dat dit het ware leven moet zijn geweest. Echte vriendschap, al knaagde het besef dat de Lust onder het linnen lokte.

5.

Door de week bleven onze tochten beperkt tot de stad. We waren trots Wenen op ons duimpje te kennen, en toch ontdekten we elke keer een nieuwe moddersteeg, een versleten plein of een afgeleefd café. We stapten naast elkaar, ik luisterde gedwee naar stugge monologen of botste op zijn zwijgzaamheid. Meer dan eens zagen we het keizerlijk gevolg passeren, zes witte paarden met een gouden koets. Franz-Joseph en zijn dagelijks ritueel. 's Morgens van Schönbrunn naar de Hofburg, bij valavond van het paleis weer naar het slot. Het was de keizer aan te zien dat hij het liefst van al rustig op zijn troon was blijven zitten. Maar de oude man in militair zwart behoorde zichzelf niet toe. Hij was het verleden, de toekomst en de vrede van het Rijk... al bijna zestig jaar lang. Stond er volk, dan riep de koetsier 'hujjehh', en liet de paarden stapvoets gaan. De keizer wenste niet zomaar voorbij te gaan aan zijn onderdanen. 'GEEN KOETS MAAR EEN KARRENWIEL, GEEN KOETS MAAR EEN KOOI!' riep A, toen de jichtige keizer en zijn krakende koets weer eens minzaam halt hielden. Toen niemand op zijn uitroep reageerde, werd A ongeduldig, trok me bij de mouw want hij had alweer 'iets wonderlijks' ontdekt. We liepen door een wirwar van straten en lanen. De Staatsoper was het niet, het theater al evenmin.

Hij loodste me een fluwelen halfrond binnen, waar hoge heren hun plaatsje zochten. Vogels van divers pluimage kakelden in vreemde talen, terwijl de voorzitter op zijn estrade met een zilverklokje zwaaide. Hij boog naar een man in donker pak en zag zijn pruik voor zijn ogen schuiven. Gelach in twaalf talen. Een klerk fluisterde hem iets in, waarop de voorzitter enkele woorden zei die ik eerst niet verstond. ON-DER-BRE-KING! OP-SCHOR-TING! A gebood me om te blijven, ook toen de raadsleden al lang hun favoriete konditorei hadden opgezocht. Eén man bleef achter op het spreekgestoelte, declamerend in een taal die we voor Tsjechisch hielden. Niemand luisterde, in het peristilium werd er geschonken en gedronken. We hoorden drie, vier keer dezelfde trage frase. 'Obstructiepolitiek,' zei A ten slotte, en dat het filibusteren alleen tot doel had om andere raadsleden het spreken in andere onverstaanbare talen te verhinderen. Hij stond eindelijk op: 'Ken je dat van de toren van Babel? Wie erin zat, dacht dichter bij God te komen. Ik moet je niet uitleggen hoe het daarmee is afgelopen.'

Ik mocht eindelijk naar buiten.

Eén personage, volgens mij even gek als alle anderen, kon rekenen op zijn clementie. Raadslid S., 'de man die begreep hoezeer het Rijk op zijn ondergang afstevende'. Een bloedkwestie, volgens A. 'Binnenkort bestaat ons volk niet meer, met die hordes uit het oosten!' En zeggen dat de Romeinen al begrepen hadden dat ze een wal tegen de barbaren moesten bouwen. 'De Romeinen wisten dat ze hun Limes nodig hadden, Gustl. LI-MES. Maar natuurlijk, dat woord zegt jou weer helemaal niets?'

Hij zweeg dan nog van de joden, die onze harten bezoedelden en onze zielen stalen. Maar waarom zou hij moeten zwijgen? Want wie had de hele natie zo schaamteloos te kijk gezet? Maximilian Harden, Magnus Hirschfeld! Geen tekening bij nodig toch? Leugenaars, die het over knapenschenderij hadden, daar waar vriendschap aan de orde was. Joodse persmuskieten die Wenen afgeschilderd hadden als een zwijnenstal vol laaghartige creaturen met maar één doel voor ogen: de jeugd – ook hele jonge jongens – zo snel mogelijk in het verderf storten. Waarom rolden ze in Parijs over het tapijt dezer dagen als het over de Duitse zonde ging? Aan wie hadden we die laster te danken? Als je de roddels mocht geloven was de vunzige slemppartij bij ons de regel en de liefde de uitzondering. Hij haalde met gespeelde afkeer een vergeeld knipsel boven:

'Wenen, waar wellust samenhokt met ontucht.'

Wenen kende – zo stond het in de krimikranten! – tientallen ontuchthuizen, cafés waar mannelijke muskus de lucht bezwangerde en hotels waar wellustige saters zich aan iedereen vergrepen, zonder onderscheid van geslacht of stand. Waarom kenden wij Weners die gelegenheden dan niet? Waarom kende hij ze niet, hij die de stad op zijn duimpje kende, van de Pragerstrasse tot de Parkgasse, van Grünauergraben in het westen tot het Franzosenfriedhof in het oosten? Honderd jaar geleden werden de Fransen hier nog onder de zoden gestoken, nu maakten ze zich vrolijk over onze – hij fluisterde en hield zijn hand voor zijn mond – Duitse zonde. Kon iemand van de omstanders – A richtte het woord tot de leeglopers die waren blijven gapen – meer dan één zo'n ontuchthuis aanwijzen? Anderzijds, zou er één stad zijn in Europa die zulke adressen niet kende? Eén enkele stad? Bestond het verschijnsel in Parijs dan niet, konden wij Weners het niet met net zoveel recht en reden over de Franse zonde hebben? Joodse laster allemaal! En dat mocht, laster bleef onbestraft, zo vriendelijk en voorkomend waren de Wiener wel. Iedereen mocht te allen tijde over alles zijn mening kwijt. Zelfs de joden, diezelfde joden die er een paar jaar eerder niet voor teruggeschrikt waren om graaf Eulenburg van verraad te beschuldigen. Zelfs Eulenburg! De gezant van de Duitse keizer! Niets of niemand werd ontzien. En hoe hadden ze hun gekonkel gerechtvaardigd? Met de mededeling dat mensen met een 'abnormale aard' niet geschikt waren voor het publieke bedrijf. Politiek gekonkel. Want terwijl de Weense goegemeente ruzie maakte, zichzelf opdeelde in geschikten en ongeschikten, werd de aandacht afgeleid van het joodse probleem. Intussen vermenigvuldigde de gluiperige jood zich schaamteloos, en infecteerde de schoot van onze vrouwen met zijn jodenetter.

'Wist je, Gustl' – hij pauzeerde en keek me indringend aan, de meester die zijn leerling een oud geheim onthult – 'Wist je dat er meer jidden in Wenen zitten dan in Jeruzalem? Geloof me, ik heb er een neus voor... ik ruik hun bloed... die haakneus, die lippen (hij tuitte de zijne)... Maar ze zullen ons niet krijgen!'

Hij keek triomfantelijk om zich heen. O ja, er waren dagen geweest dat ook hij ze niet had herkend, dat ook hij ze voor doorsnee Germanen had gehouden. Zo goed wisten ze zich te vermommen, zo hard deden ze hun best om niet te tonen wie ze werkelijk waren. Dat was toen hij voor het eerst naar de hoofdstad kwam. Maar met de jaren was hij wijzer geworden. Wie goed om zich heen keek – zijn wijsvinger tekende een kromming naast zijn neus – zag hoe talrijk ze waren, tot in de hoogste kringen toe. De gapende leeglopers knikten goedkeurend, nette bourgeois bleven glimlachend staan. Ik trok aan zijn mouw, maar tot mijn stomme verbazing werd mijn vriend niet tot de orde geroepen, maar kreeg hij applaus voor zijn povere vertoning.

6.

De zomer bracht ik thuis door, in Linz. Moeder vond me 'aangekomen', waarmee ze bedoelde dat ik niet alleen aan gewicht maar ook aan status had gewonnen. Een hulpeloze jongen bij mijn vertrek, teruggekeerd als een man. Was het daarom dat ik me in het huis van mijn ouders niet meer thuis voelde? Natuurlijk, Linz was 's zomers nooit op zijn best. Belletje Beschaamd staarde er als altijd naar haar schoenen, ook al had ze alleen maar oog voor de jongens. Genoegzame ambtenaren in hemdsmouwen pronkten met schilfers en huidziekten, spotzieke boerenmeisjes liepen in lawaaierige groepjes voorbij. Maar de zomer van 1909 was anders dan die van 1908, 1907 of 1906. Een onbekende beklemming had de kop opgestoken. Mijn leeftijdsgenoten droegen een korenbloem in het knoopsgat, symbool van een nieuw vertrouwen en een arrogant zelfbewustzijn. Jonge veulens spraken, terwijl wijze mannen zwegen. Onze taal, onze trots. ONZE NATIE, ONZE ROTS. Onze afkomst was ons voorrecht, we moesten niet vragen maar eisen. AL TE LANG, BROEDERS, HEBBEN WE AFSTAND GEDAAN VAN ONZE RECHTEN. De Boheemse snaak die de hysterische dochter van de prefect bij de hand had durven te nemen werd afgeranseld en bleef kreupel voor het leven. Terwijl zijn belagers er met een berisping van af kwamen, werd de Bohemer van school gestuurd, om hem 'tegen zichzelf in bescherming te nemen'. Moesten wij dan bang zijn? Waren we soms in gevaar in Linz, de paisibele hoofdstad van de slaap? Voor mijn vader wel, maar dan om heel andere redenen. Volgens pa dreigde het Rijk aan zijn eigen vraatzucht ten onder te gaan, veel meer dan door die paar armoezaaiers die er onderdak zochten. 'Jong'n, ik zeg het je: de aanhechting van Herzegovina wordt nog mijn doodskist.' Al had hij het ongetwijfeld zo letterlijk niet bedoeld, de geschiedenis zou mijn arme vader gelijk geven. Maar om eerlijk te zijn: Sarajevo kon me op dat ogenblik gestolen worden en de korenbloemen hield ik voor een ongelukkig modeverschijnsel. Het viel me op dat de pamfletten die van hand tot hand gingen als bij wonder overeenkwamen met wat A op een Weense straathoek had verkondigd. Het uur van de Strijd nabij! Het Volk dat zich moest voorbereiden op de schok met de demonen. De Äfflinge in ons midden, die we alleen door het negatieve konden definiëren (ze waren nooit blond en hadden géén blauwe ogen). Bibliotheek der Blonden... 'De zuiverheid van het ras vormt de basis van de authentieke poëzie. De haat voor de onzuiveren is een bij uitstek literair sentiment.' Onzinnig gehakketak, maar nog eens: het kon me op dat ogenblik geen ene moer schelen. Voor de noen hielp ik pa zo goed en zo kwaad als het ging in zijn atelier, ook al was ik volgens hem 'de handen kwijt'. Na het middageten zocht ik oude kameraden op en trok met hen de heuvels in.

Adi schreef hoezeer hij naar mijn terugkeer uitkeek. Dat hij verlangde naar mijn nabijheid, naar nieuwe dagen samen. Begreep ik wel hoe lang en leeg een uur zonder mij was? Bij mijn aankomst in de hoofdstad stond hij me vol ongeduld op te wachten. Midden in het station kuste hij me, zoals ginds, in onze veldschuur. Met enige gêne hield ik hem op afstand, maar hij leek het allemaal heel openbaar te willen, de stad mocht – moest – onze vriendschap zien. Ik moest hem over thuis vertellen, en thuis, dat was voor eens en altijd Linz.

Hij bleek niet onder de indruk van de pamfletten. Het gehaakte kruis, de korenbloemen, de Äfflinge en de Asinge, 'het werd maar eens tijd dat ik die dingen leerde te ontdekken'. We hadden het er niet meer over, genoten van de laatste zomerdagen en bezochten de westelijke uitbouw van de Ringstrasse. We waren te gast in de Handelskamer, volgens A een 'architecturaal pareltje dat de weinige industriëlen die het Rijk rijk was iets gaf om trots op te zijn'. Opgetrokken in twee jaar tijd! Terwijl 'om de hoek een draak werd gebouwd': Otto Wagners' postspaarkas waarvan de gevel 'nog lelijker was dan dat gedrocht van de vrienden van Marx'. Ik bracht een broeierige namiddag door in slot Schönbrunn en zijn tuin met uitheemse dieren. Alleen, want A wilde niet mee naar 'de plek waar het verderf hokte', waarmee hij niet de luipaard bedoelde of de tapir, maar keizer Franz-Joseph en zijn gevolg. We trokken naar de Donau en het Prater en vergaapten ons bij de Hofburg aan het keizerlijke rood en goud.

We planden een tweedaagse tocht die me is bijgebleven als de meest onbekommerde. Adi was echt in een opperbeste stemming en wilde tonen hoe blij hij met mijn terugkeer was. We trokken naar de Hermannskogel, verdwaalden in de uitlopers van het Wienerwald. We zochten beschutting in de stegen van Salmannsdorf en dronken wijn die we niet konden betalen – het geldgebrek hadden we voor twee dagen in de Stumpergasse gelaten. A was weer helemaal Adi, we plaagden en omhelsden elkaar. Hij keek verrukt naar de Jägerwiese, herinnerde zich plots een kamertje 'dat uitermate geschikt was voor twee jongemannen'. Het was me al eerder opgevallen dat hij dat soort van adressen zonder problemen wist te vinden, alsof hij zich op onze uitstapjes voorbereidde. Onwillekeurig dacht ik aan zijn straattirade over de Weense ontuchthuizen. Wist hij meer? Kende hij mensen die hem raad influisterden? De waardin zag in elk geval geen graten in onze komst; ze was 'dat soort zaken gewend geraakt'. Voor je-weet-maar-nooit maakte ze toch drie kruistekens op een rij, toen we ons al te enthousiast op het veren bed stortten. De ochtend van de tweede dag – ontbijt met koek en bosbessenstroop, koffie met room – stonden we al vroeg voor de Habsburgerwarte. Adi haalde zijn neus op. 'Blijf daar toch weg, Gustl! Een toren die het verderf van de Habsburgers tot in zijn naam draagt, staat gegarandeerd op instorten.' Ik ging naar boven – alleen – en riep om hem te jennen dat het rijk aan mijn voeten lag, en mijn blik tot de Karpaten reikte. Even later knielde ik met gespeelde romantiek voor de Sisikapel, wat hem al even gespeeld uitzinnig maakte. We waren gelukkig, en in dat geluk leek hij mij nodig te hebben, en ik hem.

Toch eiste de muziek haar plaats weer op. Mijn vingers werden stram van zo veel luiheid en ik mocht – zoals vader dat zei – 'mijn muzikale handen niet kwijtraken'. Ik begon uiteraard met Chopin en Liszt, maar kreeg de trage, tragische taal van Mahler maar niet onder de knie. Ik probeerde de geniale Debussy, al hield Adi daar niet van, zelfs niet toen ik hem had verteld over de Wagner-bedevaart die de Fransman tot in Bayreuth had gebracht. Hij antwoordde 'dat ik hem had moeten verwittigen, dat hij oordopjes had gekocht'. Ondanks de discussies bereikte onze vriendschap – of wat ik voor vriendschap hield – tijdens die maanden een hoogtepunt. Maar bij het begin van de herfst nam de sleur de overhand, en moesten we de eindjes aan elkaar zien te knopen zoals weleer.

Mevrouw zag ik nog één keer. Ze was teder en lief en liet me toe enig initiatief te nemen. Ik zou een man worden, een echte! Ik liep een paar dagen met een rechtere rug dan anders, net zo lang tot de wroeging de overhand nam. Had ik Adi niet bedrogen? Met een vrouw dan nog wel? Ik vluchtte naar de Steffl, en vond in de kathedraal een biechtstoel, twee oren en een oordeel. Ja vader, die vrouw heeft haar volle naaktheid getoond en vervolgens heb ik me over haar ontfermd... op een zondige zondag! Over Adi sprak ik alleen in de meest verheven termen: Vriendschap, Broederliefde, Trouw. Als ik het me goed herinner, waren Leegte, Luxe en Lust de woorden die me over de lippen kwamen wanneer het over 'die vrouw' ging. Berouw alleen was niet genoeg, het was maar afwachten of de Heer me genadig wilde zijn. Gekweld door schaamte schreef ik een afscheidsbrief, waarin ik mevrouw bezwoer dat mijn achting voor haar als de zon aan de hemel stond, maar dat ik moest boeten voor de smet die onze verkering vroegtijdig had bezoedeld. Een brief die ongetwijfeld voor vermaak en vertier heeft gezorgd bij mevrouw en haar gulzige ordonnans. Haar naam en haar positie zijn me onbekend gebleven, tot op vandaag.

Ik slaagde voor het tweede jaar met de felicitaties van de directeur. Moeder serveerde pens en gebraad, een feestmaal, ook al kreeg vader alsmaar minder bestellingen binnen. 'De mensen kopen liever goedkope fantasietjes dan hun maatwerkmeubelen te herstellen, Gustl, zo gaat dat dezer dagen.' Na een week bij mijn ouders – ze waren oud geworden, grijs en krom – wachtten me twee maanden in het leger. Ik had me ingeschreven als imperiaal reservist, wat me in staat stelde om het gros van mijn dienstplicht te ontlopen en meteen na de zomer de muziek weer op te nemen. A had me aangeraden om me helemaal niet te laten inlijven. 'Je hebt pianohanden, Gustl, een kind kan toch zien dat die niet gemaakt zijn om te vechten.' Hij zou gelijk krijgen. A had geen hoge pet op van het keizerlijk leger, en betwijfelde of het keizerrijk één enkele kogel, laat staan een mensenleven waard was. Tijdens mijn dienst schreef ik hem elke week, meestal op zondag na de mis, wanneer het heimwee me bij de keel pakte. Adi was die dagen op bezoek bij zijn familie, of wat daarvoor moest doorgaan: zijn halfzus die in het Waldviertel woonde. Uit zijn eerste antwoord – 'Mijn Allerbeste Gustl!' – begreep ik dat het een mislukking was geworden. Hij vroeg hoe het met me ging, en – ach, ach – wat zijn familie betrof: het waren mensen die meenden hem de les te moeten spellen. Hadden ze niet door dat hij niet was zoals zij, dat hij hogere ambities koesterde? Zijn schoonbroer had hem een post voorgesteld als... douanier. In de traditie van zijn vader. 'Maar je kent me, Gustl, liever dood dan dat soort van broodwinning. Alleen al dat woord... douanier, beambte... ik word er ziek van.' A zou sneller dan verwacht terug in Wenen zijn. Hij zou me opwachten in het station.

7.

Begin november hing ik vrolijk zwaaiend door het portier van de treincoupé, maar hij had blijkbaar het perron niet gehaald (geen geld voor een perronkaartje?) en was evenmin in de dampende lokettenzaal. Ik draalde een poos, keek met weemoed naar de reizigers die met koffers vol verwachting naar hun wagon liepen. Vrouwen staken pluizige hoofddeksels naar buiten, kinderen liepen achter gemelijk puffende treinen. Een man in een grijze colbertjas sloeg zijn ogen verontwaardigd ten hemel toen ik hem, schuin van achteren, even voor mijn vriend hield. Beschaamd zocht ik een plaatsje tussen naar werk ruikende lijven in de rij bij het stalletje, en kocht een paar Italiaanse bonbons, zoetigheden waar Adi dol op was. Het ging al schemeren toen ik eindelijk met mijn twee valiezen en een juten zak de Stumpergasse binnen strompelde. Ik verwachtte hem in onze kamer te vinden, op het bed starend naar het lamlendige plafond.

De kamer was ingenomen door een correcte jongeman, een student aan de universiteit.

Frau Zakreys, de conciërge, maakte een vermoeid gebaar.

'Weten u niet? Weten u niet?'

Was hij gestorven aan de tering misschien? Douanier geworden? Had hij dienst genomen in het leger?

Er was geen probleem.

'Alles betalen. Hij, betalen, hij.'

'Waar is hij? Wat... heeft hij misschien... een boodschap voor mij?'

Ze haalde haar Slavische schouders op.

'Weinig spreken, niks zeggen zoals gewoonte.'

'Heeft hij een adres gegeven?'

'Ik zeggen u: weinig spreken. Maar, ik, meneer vorige week nog zien. Meneer in stad zijn, denken ik... denken ik, niet wéten.'

Ik bracht de nacht door op de mat – meer naast dan op de mat – en ging de volgende ochtend op zoek naar een kamer. Nog een geluk van mijn keurige kapsel en mijn nieuwe pak! Geen dag later vond ik een plek, schoon en betaalbaar. Tijd om te wennen aan de nieuwe eenzaamheid was er nauwelijks, want de cursus begon snel. De eerste avonden trok ik naar de Gottes Augen, maar ook in de kroeg hadden ze hem al een tijdje niet meer gezien. De patronne maakte zich op den duur vrolijk om mijn 'ongelukkige vriendschap'. Of was het een liefdesgeschiedenis? Waarbij alle twintig de ogen van God lachten. Ik probeerde de nieuwe opera, ging er postvatten bij de zijingang, waar met wat geluk de laatste biljetten voor de nok voor een prikje van de hand gingen. Ik wisselde woorden en beleefdheden uit met de habitués. Ze probeerden hun gezicht in een treurige plooi te leggen wanneer ze zegden dat ook zij A al een poos niet meer hadden gezien. Achter mijn rug lachten ze met ons, voor hen was ik 'Gustje van de zonderling'. Ik probeerde de hoofdingang, maar ook daar niets, behalve dan mevrouw die naar het hotel wiegde met een argeloze student in haar kielzog, een rijzig exemplaar met onvolgroeide baard. Mevrouw had een betwistbare smaak en een lamentabel moreel besef.

Ik liet een brief achter bij de hospita. 'Aan mijn Vriend Adi.' Om uit te leggen dat ik niet boos was, dat hij welkom bleef. Dat ik dinsdag, donderdag en zondag onder de colonnade stond, bij de dienstingang van de nieuwe opera. Eén donderdag sloeg ik over, wat me oprecht speet. Een maand later – de enveloppe was nog onaangeroerd – haalde ik mijn dure woorden bij Frau Zakreys weg. Ik hield de brief nog een paar dagen in mijn binnenzak, dicht bij mijn hart, scheurde hem toen in reepjes en gaf mijn versnipperde vriendschap aan de Donau.

Wat er ook gebeurd is, weet dat ik daar niet boos over zal zijn...

me, ik heb veel slechte eigenschappen, maar ik heb niet de gewoonte om mijn vrienden in de...

...ben je?

...laat iets weten, ook al zou je besloten hebben dat je niet meer met mij wenst te wonen, iets wat ik zeer goed zou kunnen b...

Ik was gewend aan zijn stemmingsveranderingen, maar veertig dagen in het ongewisse, dat ging me te ver.

8.

De verloren zoon kwam niet meer terug. Niet in december, noch de maanden daarop. Ik begon van mijn vrijheid te genieten en leerde mensen kennen, een plezier dat A me niet had gegund: elke nieuwe kennis – 'een nietsnut', 'die boerentrien' – vormde een bedreiging voor ons Besloten Tweemanschap. Ik voelde me dus treurig en bevrijd tegelijk, maar toch ondernam ik tijdens de kerstonderbreking een ultieme poging om A terug te vinden. Ik hoopte zijn spoor op te pikken bij zijn familie in het Waldviertel, maar verder dan de voordeur kwam ik niet. Zijn halfzus Angela – een meid die zich uitgaf voor Madame – gaf mij de schuld voor zijn vertrek. Ik was de incarnatie van Wenen en de muziek, wat zoveel betekende als...

'Bespaar u de moeite, mevrouw. Het is Leegte, Luiheid, Lust en Luxe.'

Ze keek verbaasd en knikte van ja. Ik was de oorzaak van de malheuren van Broer, de bron van de schande der familie. Sinds zijn laatste bezoek was ook zij zijn spoor bijster geraakt, haar brief was ongeopend teruggekomen. Was hij bij de Reichswehr? Had hij een baantje gevonden? Het had weinig belang allemaal, was er nog wel iemand die het echt wilde weten?

Madame sloot haar deur, en ik arriveerde net op tijd in Linz voor het zomerbal, waar de meisjes zich aan de jongens toonden, aan de stad en de wereld.

'Als dat Kubi Kubizek niet is? Maar Gustl, ach, jij kan intussen wel wat beters krijgen niet? Wij kippetjes van Linz, wij kennen onze plaats, wij zijn de dames van Wenen niet!'

En dan haakte Gertrud een arm aan een vriendin en vervolgde giechelend haar weg naar de dansvloer.

'Straks,' riep ze me na, 'wie weet, misschien mag ik straks wel een Weense wals van je.'

Niet veel later zou ik – letterlijk haast – op Stefanie-met-de-brede-heupen botsen. Ze had een niet zo Arisch ogende officier in de arm.

'*Kubi! Wie geht's*? Is dat vriendje van jou nog altijd smoor op me? Wil je hem dan zeggen dat je me een kus hebt gegeven?'

Tot mijn verbazing gaf Stefanie me vervolgens een natte, vrolijke kus, zwaaide met haar plooirok en lachte in mijn ogen. Ik lachte met haar mee – een vriend die zijn vriend verlaat zonder een woord is nooit een vriend geweest.

De woede en het gevoel van verlatenheid maakten plaats voor gewenning. Ik had in die dagen wat anders aan mijn hoofd, want sinds het bal had ik een meer dan gewone belangstelling opgevat voor Gertrud. Een meisje van de normaalschool, uit een milieu dat aansluiting zocht bij de burgerij. Een goede partij voor de zoon van een stoffeerder uit Linz. Ze was preuts in het begin, maar vrolijk en charmant: aangenamer gezelschap in elk geval dan A. De eerste maanden zei ik nog: 'A zou om oordopjes vragen', of: 'volgens A is dit allemaal de schuld van de keizer', maar ook die kwalijke gewoonte raakte ik snel weer kwijt. En toch. Wanneer ik Gertrud in de maand mei mee uit vroeg naar het Prater wandelde de schaduw van Adi met ons mee. Ik was hem gaan beschouwen als mijn schutsengel, een stille getuige van alles wat ik deed. Ogenblikken van eenzaamheid deelde ik in gedachten met hem, en als er mij iets bijzonders overkwam dan vertrouwde ik dat in stilte aan Adi toe. Beter zo, dan hem mee te zeulen als een ongelukkige herinnering.

1911. De lente had zo lang op zich laten wachten dat, toen eindelijk de mooie dagen aanbraken, de stad in geen tijd openbloeide. Er verschenen fruitkraampjes, op de terrassen werd Edelzwicker geserveerd en koolzuurwater uit Duitsland. Zangers probeerden het publiek op hun hand te krijgen en een jonge en verwilderde venter – zo liepen er die dagen wel meer rond – prees zigzaggend tussen de tafeltjes zijn waren aan. Ik voelde er wel wat voor om iets te kopen, voor Gertrud.

'Potloodtekening, meneer, aquarel? Originele kunstwerken! Schilderij voor mevrouw?'

Het huis W, de bekende wirwar van straatjes, barokke kerken en paleizen. Voor een paar kronen kocht ik een *Zicht op de Michaelskirche*. De kerk was aardig, maar de mensen hadden de levenskracht van pionnen op een schaakbord. Bewegingsloos en zonder contact, ontheemden tegen een achtergrond van graniet. De kunstenaar was meer vertrouwd met het puntperspectief dan met de mensheid. De kribbel links in de benedenhoek bevestigde mijn vermoeden: dit was het werk van A! In ruil voor een glas zure cider en een stuk vossenbessentaart vertelde de venter dat hij zich 'zijn associé' mocht noemen. Alleen al het bekijken van de jongeman – een Bohemer van ergens achter in de twintig – was pijnlijk. Had Adi me ingeruild voor dit stuk onbenul?

A en zijn 'associé' logeerden – 'tijdelijk!' – in een tehuis voor mannen, een goedkoop verblijf met een kwalijke reputatie, waar niet alleen relschoppers en geamputeerden een onderkomen zochten, maar ook mannen van de 'Duitse zonde'. Dat was wat ik meende op te maken uit zijn woorden – was ik te achterdochtig? Als je hem mocht geloven, dan was het in het mannentehuis veel beter dan in het staatsasiel waar ze de winter hadden uitgezeten. Hoe meer de venter vertelde, hoe uitzichtlozer zijn relaas werd. Het wezengeld dat A kreeg, volstond niet eens om zijn honger te stillen. Was dat de aanleiding geweest voor zijn plotse verdwijning? Had hij zijn erfenis er finaal doorgedraaid en was hij naar madame-zijn-halfzus getrokken om er te bedelen? Maar zonder een stuiver teruggekeerd en daarom uit mijn leven verdwenen, uit armelijke schaamte en om mij niet tot last te zijn?

De venter kwam nu pas goed op dreef. A's favoriete bezigheid? Rondhangen! In de stad, de zetel of in bed. Urenlang. Las hij een onbenulligheid in een krant, dan werd hij boos. Soms – zonder dat iemand hem iets vroeg –

barstte hij los in een tirade, die zijn medebewoners ertoe aanzette hun hoofd diep onder de lakens weg te stoppen. Een enkele keer had een bajesklant hem een bloedneus bezorgd om vervolgens doodleuk met zijn vinger in het plasje te roeren en een dikke rode streep over een zoveelste *Zicht op de Karlskirche* te trekken.

'Mann! Höre doch auf!'

De mannen hielden niet van zijn gedrag en niet van zijn ideeën, die hij met eenzelfde hardnekkigheid verdedigde, of het nu over de loterij ging, over het eten of het lot van de Duitse koloniën in het zuiden van Afrika. Ging het per toeval over het Oostenrijks-Hongaarse rijk, dan werd het alleen erger. Maar dat gebeurde zelden, in de regel leefde hij teruggetrokken of werkte hij in stilte aan rebelse tekeningen. Soms deed hij de hele dag zijn mond niet open. Maar tegelijk sprak de Bohemer met enige trots over Adi, wat me deed vermoeden dat hij in zijn nieuwe omgeving mogelijk als een curiosum werd bestempeld, maar dan toch eentje met gaven. Ik wilde Adi redden, hem zo snel mogelijk een bezoek brengen, maar een geïrriteerde Gertrud deed me van mening veranderen. Dat was een grote vergissing, zo denk ik er nu althans over. Maar Gertrud was op dat ogenblik mijn hoop op een rustig bestaan, mijn hoop op een gezin. Mijn eigen toekomst, en die zag ik toen nog zonder jou, Adi. Hoe dan ook: Gertrud verdroeg de stank van de venter niet en verbaasde zich erover dat ik me 'met zo'n vreemd gezelschap had ingelaten'. Ik betaalde te veel voor een tweede 'kunstwerk', noteerde voor misschien-ooit zijn naam en adres. Hanisch, heette de venter, en het mannenhuis was gevestigd in de Meldemannstrasse. Het was het laatste wat ik in tien jaar van A zou vernemen.

Gertrud was minder dociel dan ik had verwacht, maar telkens als ik een paar uur in haar gezelschap had doorgebracht, kwam ik mooier, slimmer en blijer terug dan ik was vertrokken. Dit moest dus liefde zijn, De Liefde zijn! Mijn hart was te klein, ik wilde het helemaal aan haar geven en aan de muziek. Al mijn dromen leken uit te komen. Als beloning voor vier jaar hard werken kreeg ik een positie als tweede dirigent in een klein maar muzikaal stadje in het noorden, waar enkele opvoeringen een bescheiden succes kenden. Ik vernam tot mijn vreugde dat Gertrud tijdens mijn afwezigheid een bezoek had gebracht aan mijn ouders in Linz, wat het beste liet verhopen voor de toekomst. In augustus 1913 kwam ze zelfs voor twee weken naar het kuuroord waar ik betaald werd om de zwarte gedachten uit de hoofden van de vakantiegangers te spelen. Op dat ogenblik geloofde ik dat het allemaal zou gaan beginnen, nu weet ik dat het toen al op zijn einde liep, dat het twee van de weinige gelukkige weken uit mijn bestaan zijn geweest. We maakten plannen voor de eeuwigheid en beslisten om die alvast met een huwelijk te beginnen. Ik zou vader en orkestleider zijn, zij onderwijzeres en, op het geëigende ogenblik, moeder. De oefenstonden waren volop bezig voor wat mijn eerste en enige triomf zou worden:

Martha

Een opera in vier bedrijven
door Friedrich von Flotow
dirigent: August Kubizek

De dag van de dernière – alle kaartjes waren verkocht – bracht het toeval de theaterdirecteur van Klagenfurt naar de zaal. De man wilde me na de voorstelling per se spreken, hij kuchte een paar keer en verklaarde plechtig dat hij op zoek was naar een dirigent, en wel vanaf het volgende seizoen. Waarna hij naar de grond staarde en prevelde dat ik hem misschien wel... die eer... maar als ik al andere plannen had, uiteraard... hij zou dat begrijpen. Ik was in de wolken, het meest van al nog omdat ik in Klagenfurt beroepsmuzikanten ter beschikking zou hebben. Bovendien stond Karinthië bekend als een buitengewoon aangename plek om te leven, het zuiden al en toch nog Oostenrijk: Gertrud zou maar al te graag verhuizen. Vanuit Klagenfurt konden we reizen, naar de Veneto, Friule en de Italiaanse steden, eilanden van levenskunst en cultuur!

Zonder dralen reisde ik af om een woonst te zoeken aan de boorden van de Wörthersee. Ik bezocht Pörtschach en was blij het bimbambel van Wenen, met zijn drukte en drukdoenerij, achter me te laten. Terwijl het water vriendelijk tegen de oever klotste, leken de onheilsberichten over internationale spanningen niet meer dan hersenspinsels van wereldvreemde intellectuelen. Ik werd weemoedig van zo heel alleen naar die kerktorens te kijken, de dorpjes die verlegen beschutting zochten tegen de heuvels. Maar de gedachte aan later liet mijn longen vollopen, ik rechtte mijn rug en vervolgde mijn zoektocht naar een geschikte huurwoning.

Terug in de hoofdstad sloeg mijn gemoedstoestand al snel om. De Wiener – ze begrepen niet dat het keizerrijk op zijn laatste benen liep – maakten zich zorgen over hun snorren, hun hoeden en hun bals. Terwijl er luidruchtige betogingen door de straten trokken, werd in het Grand Hôtel meer champagne gedronken en ganzenlever aangevoerd dan ooit tevoren. In het Wienerwald zou het tsjilpen van de vogels nog een paar weken, een paar dagen het tromgeroffel overstijgen. Prinzip, een jonge Servische nationalist, had in Sarajevo de aartshertog vermoord. Precies zoals pa het had voorspeld zou de Balkankoorts het hele rijk aantasten. En niet alleen ons rijk! Het galgenaas nipte aan zijn laatste coupe champagne, ik speelde mijn laatste noten. Voortaan zouden mijn fragiele vingers zich over een geweer ontfermen, zou de fijngevoelige eerste viool vervangen worden door een meneer met minder muzikale cultuur maar met meer noten op zijn zang. Mijn solide toekomstplannen bleken luchtkastelen. Het huiselijk geluk dat gisteren nog voor het grijpen lag was niet meer geweest dan de droom van een dag. Adieu kinderen. Vaarwel huwelijk en luchtig bestaan aan de boorden van een meer. Zeggen dat ik het er moeilijk mee had, zou een onderdrijving zijn. Nochtans volgzaam van aard werd ik beurtelings bevangen door zelfmedelijden en een uitzichtloze opstandigheid over zoveel onrecht. Precies op het ogenblik dat mijn inspanningen en de vertroostingen van mijn ouders hun zure vruchten opleverden... net dan... ik vervloekte elke ochtend mijn lot, God en keizer Franz-Joseph in persoon. Bovendien – de lessen van A waren me bijgebleven – was ik niet bereid te vechten voor het onzekere lot van een versleten keizerrijk. Twee dagen waren me nog vergund, net genoeg tijd om afscheid te nemen van Gertrud en papa, van mama en mijn ex-toekomstige theaterdirecteur.

9.

Wat een Entente hoorde te zijn bleek in de praktijk recht naar de Groote Oorlog te leiden. Ik werd als slachtvee weggevoerd naar onbestemde fronten. Twee jaar lang huisde ik in een kluwen van angst. Ik overleefde dertig weken van kou en twintig van dorst; zevenhonderd dagen van oorlogsgeweld zonder contrapunt. Af en toe mochten we 'op permissie', wat een ander woord was voor wodka, net voldoende wodka om de volgende dag weer naar het front te kunnen trekken, bedwelmd en moe van mezelf en het leven. Mijn dode kameraden lagen overdag in de modder aan mijn zij en trokken 's nachts een spoor van spijt door mijn nachtmerries. Hun rottende lichamen vormden mijn stille hoop voor de toekomst: ik bad tot God dat Hij ook mij niet zou vergeten. Ik liep met open armen maar vergeefs de vijand en mijn dood tegemoet.

Was er bij uitzondering inkt en papier, dan schreef ik een paar regels. Afscheidsbrieven voor Gertrud, mijn ouders, een laatste levende vriend. Zonder de zekerheid dat ze de grens bereikten, laat staan gelezen werden. Zonder de garantie dat ik nog in leven zou zijn, wanneer ze gelezen waren. Voor ik aan zo'n brief begon, overtuigde ik mezelf dat er een wereld bestond buiten het slagveld en probeerde de beelden te bannen van een hongerende moeder, een verkrachte Gertrud en een gesneuvelde Adi. Brieven en pakjes bereikten me met twee seizoenen vertraging. De dikke verkoudheid waar mama het over had was intussen ongetwijfeld vervangen door een ontstoken likdoorn, het paar wollen handschoenen dat ze me stuurde arriveerde op het ogenblik dat de Karpatenzon mijn huid schroeide. Ik las over het leven in Linz, over de levensduurte en de begrafenis van de oude keizer. Moeder vroeg hoe de bonbons waren geweest die ik nooit had gegeten. Ik verwachtte een hartenkreet, maar de brieven van mama hadden de smaak van haar soep: ze waren vertrouwd, maar zouteloos.

We marcheerden wekenlang, zonder doel en zonder vaart. Van dorp naar gehucht, van nergens naar het niets. Karpaatse dorpen en steden droegen de nieuwste namen voor de dood: Pitesti, Tirgoviste, Karpatski Smert... Het moet een vreemd soort lotsbeschikking zijn, die me de grote slacht heeft doen overleven. Het speet me dat ik me twee jaar eerder geen kogel door mijn kop had gejaagd, in Pörtschach, aan de kabbelende boorden van het meer. En zeggen dat A op die vervloekte 28ste juli 1914 – dat heeft hij me onlangs nog verteld – God op zijn knieën heeft gedankt. Omdat de oorlog hem onverwacht nieuwe kansen bood, perspectieven opende. In de loopgraven heb ik het me meer dan eens afgevraagd: was A ingelijfd in het keizerlijk leger, had hij de wapens opgenomen ter verdediging van het Reich? Streed hij aan de Marne of de Somme? In de koude Belgische IJzervlakte?

In 1916 gingen de Russen in de aanval. Ik raakte gelukkig gewond en werd met open ingewanden afgevoerd voor een interbellum in Eperges, Hongarije, waar een konvooi naar Boedapest wachtte. Een reis naar de hel, waar bij iedere halte een paar lichamen koud van de trein werden gedragen. Na weken van pijn en wachten vernam ik dat ik zou leven, meer dan dat: ik kreeg verlof voor een bezoek aan Linz. Zou ik de hoofdstad van de slaap terugzien, Gertrud mijn hartenlapje en mijn goede oude thuis? Ik durfde het pas te geloven toen het landschap lichter werd, ik het stompe profiel van een heuvel meende te herkennen, een dorp waar ik als kind verloren was gelopen, de schuur waar ik verstoppertje had gespeeld. Ik ging uit het portier van de trein hangen, zwaaiend naar mijn vogels, mijn bomen, mijn mensen op het perron. Maar de tijd had de loop der dingen veranderd. Hartenlapje was er niet. Niet op het perron en evenmin in de lokettenzaal. Ik begon eraan te wennen, verraden vriendschappen behoorden stilaan tot mijn standaardarsenaal. Mijn ouders trachtten me te troosten met de mededeling dat ook zij, op een bepaald ogenblik, hadden gedacht dat ik dood was. Gertrud was getrouwd met een elektricien en liet me zure bonbons bezorgen. Was het geen oorlog geweest, ik had ze niet opgegeten. Ik vertelde Herr Doktor over Transsylvanië en van mijn moeder, die op jonge leeftijd drie kinderen had verloren, drie meisjes. Het volstond voor één jaar dispensatie. Begin 1918 mocht ik opnieuw naar het front, voor weer een paar maanden van honger en miserie. Toen ik terugkwam was vader gestorven... ik had hem niet eens gedag kunnen zeggen. Een zoon had zijn vader niet meer gezien, een vader stierf zonder te weten of zijn zoon dood was of nog in leven. In leven dus, min of meer. Tevreden dat de oorlog voorbij was, en allerminst bekommerd over de vraag of die gewonnen was dan wel verloren.

Ik herstelde bij mama thuis en stortte me op de muziek. Meer dan eens moest ik een *Etude* van Chopin halverwege onderbreken, niet zozeer van ontroering maar omdat mijn stramme vingers niet meewilden. Maar ik zette door: ik had Adi, een oorlog, Gertrud en mijn vader verloren maar er was nog altijd de muziek. De Muziek! Het zou niet lang duren voor ik net als vroeger een orkest vond. In Klagenfurt had het theater de deuren gesloten, en de directeur had aan het front een tic nerveux gekregen. De andere provinciesteden was het niet beter vergaan. Bleef Wenen, in de hoofdstad overleefden de orkesten min of meer. Maar muzikanten die de Karpaten en de dood nooit in de ogen hadden gezien, waren me voor geweest.

10.

In de hoofdstad werd een 'muziekmeester' gezocht, het woord alleen al maakte me misselijk. Ik mocht het stokje hanteren om het nieuwe volksvertier te begeleiden: cinema! De vertoningen vonden plaats in een theaterzaal die was 'omgebouwd' – afgebroken – tot bioscoop. Een linnen doek moest de geschilderde decors doen vergeten, schimmige projecties vervingen levende lijven. De nieuwe vorm van kunst – nieuwe vorm van gezichtsbedrog in mijn ogen – zorgde voor een stormloop, die de doodssteek betekende voor veel theaters. Bewegende Beelden! Lichtspel!

De bioscoop kreeg op zondag meer volk over de vloer dan de kerk. In de betere zalen hadden de toeschouwers recht op een kamerorkest, maar gewoonlijk moesten ze vrede nemen met een eenzame pianist. Ik kreeg een handvol muzikanten ter beschikking, maar moest bij de meest dramatische passages nog zelf op de cello strijken. Mijn muziek vormde het spiegelbeeld van mijn ziel: ze was versteend, middelmatig en onbetekenend. De eerste weken boog ik nog na de vertoning, maar al snel had ik door dat het applaus niet ons musici gold, maar bedoeld was voor verre acteurs die het toch niet konden horen.

Ik kon er maar moeilijk aan wennen... ik leed geen honger meer, maar kon onmogelijk tevreden zijn met een bestaan dat zich – letterlijk! – in de schaduw afspeelde. De oorlog had me bij de keel gegrepen, had een halve held en een heel slachtoffer van me gemaakt. Intussen was ik gewoon weer een bang burgermannetje. De angst die jarenlang in mijn ingewanden had gehuisd vond geen onderwerp meer, maar hij bleef me trouw. Het was een geniepige angst, die onverwacht de kop wist op te steken. De blonde jongeman die ik bij Pitesti door zijn keel had geschoten, bleek op een avond eerste viool te spelen in mijn orkest. Een hondstrouwe Gertrud, een sprekende uil en een levende papa bevolkten mijn nachtmerries.

11.

Dag en nacht zag ik films, noodgedwongen. In *De Meesteres der Wereld* liepen naakte vrouwen tussen lijvige negers, wat een diepe indruk maakte op de jonge mannen in de zaal. Na afloop liepen ze stoerder over straat dan anders, waardoor ze niet merkten dat hun echtgenotes zich de meesteressen der wereld waanden. Mij deed het allemaal niks, met uitzondering van de historische prenten van Ernst Lubitsch... alweer een jood, zou A zeggen. Lubitsch! Het verhaal bijvoorbeeld van het dienstmeisje dat de aandacht van de koning weet te trekken. Je kon niet anders dan sympathie opvatten voor het vrolijke creatuur dat de hele hofhouding grondig in de war wist te sturen. Gelukkig was er genoeg vrouwvolk onder het personeel, minder charmant weliswaar dan Pola Negri, maar jong, gewillig en binnen handbereik. Caissières en ouvreuses hadden respect voor 'de jonge' – ik was niet alleen de jongste van de muzikanten maar ook nog eens de baas. Ik wist beter dan wie ook hoe weinig het allemaal voorstelde, maar in het land der blinden... Het belette me niet om de voordelen van mijn positie te onderkennen. Na de avondvertoning trokken we met zijn allen naar Het Verre Oosten, de herberg waar Kokoschka nog had gezeten. De rooien dronken er wodka terwijl ze de revolutie predikten. Ik gooide hen voor de voeten dat de wodka het enige – maar dan ook echt het enige! – was dat ze gemeen hadden met de revolutionairen van Sint-

Petersburg. 'PETROGRAD!' gromden ze dan in koor. Ik was niet onder de indruk. Als ik nuchter was, interesseerde politiek me geen zier, maar na twee of drie glazen deelde ik hun revolutionaire ijver. Barthold was de Christus, de alcohol maakte me tot een van zijn apostelen.

Op de dag dat de laatste Habsburger in ballingschap was gegaan, hadden de rooien als eersten geapplaudisseerd. ('Verlost van een geslacht dat zichzelf had overleefd.') Maar zelfs Barthold vond het jammer dat ons imperium in geen tijd was verschrompeld tot een dwergstaat. We klonken op de nederlaag, op het verloren imperium en op de revolutie die ons ooit zou verlossen. Barthold dronk daarbij ook nog eens op Lenin en op de Komintern, terwijl hij de meisjes schaamteloos op de mond kuste. Ze lieten zich doen, zonder één uitzondering.

Barthold! Nooit heb ik zo'n zondagskind gekend als hij. De kunstenaars in de keet noemde hij dandy's of luilakken, al naargelang zijn luim. Hij lachte met hun pretentie, en je kon hem geen ongelijk geven. Met een lachwekkend sérieux beweerden de bezopen haantjes van de academie dat ze Kokoschka persoonlijk hadden gekend, dat hij hen in een melancholische bui zelfs een glas had aangeboden. Ze spraken over de meester met een vreemde glans in de ogen, en probeerden zijn stijl na te bootsen. 'Dat hoopje schildersverdriet,' noemde Barthold hen, en de jonge artiesten durfden hem de mond niet te snoeren. Daarop bracht hij een zoveelste toast uit, op de schildersezels, op de kont van Kokoschka of op de Unie der

Revolutionaire Alpenrepublieken. Niemand die het hem kwalijk nam. We maakten het hem zo veel mogelijk naar zijn zin, alsof we wisten welk droevig lot hem te wachten stond. En ik, bloedeloze muzikant die ondanks zichzelf Het Verre Oosten was binnengerold, ik dacht even een nieuwe thuis gevonden te hebben. Ik moest nog leren dat de geneugten van wodka en van vrolijke meisjes in de regel de volgende ochtend alweer zijn vergaan.

Ook al zat er een bende vrouwen en plezier in Het Verre Oosten, ik had vooral oog voor Woolf. Een meisjesachtige jongen, een Kroatische op-de-loop die in Wenen was komen schuilen. Echt mooi was hij niet, maar zo onweerstaanbaar onschuldig. Hij heette niet Woolf uiteraard, Woolf was niet meer dan een oorlogsnaampje dat hem was ingefluisterd door een tot over zijn oren verliefde Amerikaan. Woolf had niet te klagen over een gebrek aan aandacht. Af en toe slaagde ik erin hem mee te tuinen naar het leeggelopen theater. Met een sigaret tussen de lippen zei ik achteloos: 'Pels je uit,' en bleef dan toekijken, zogenaamd ongeïnteresseerd. Wanneer hij daar dan stond, bloot en beschaamd, legde ik hem op de planken, gespte nonchalant mijn broeksriem los en speelde van kat en muis met hem, tot ik er genoeg van had en hem in een handomdraai klein kreeg. Ik beeldde me in dat ik het met Adi op exact zo'n manier zou doen. Het contrast tussen zijn tere huid en de oude planken... soms schuurde ik hem onnodig ruw heen en weer, net zo lang tot hij 'aww' zei, en 'rustig, August, rustig'. Of ik zei langs mijn neus weg dat mijn vioolstok gespannen stond en dat ik helemaal klaar was om hem een populair deuntje te spelen. Na een tijdje was hij het die mij gek maakte, tot ik me, ergens tussen de piano en de cello, in het nauw gedreven overgaf. Terwijl ik me beduusd weer aankleedde, lachte hij me uit, volgens hem zou ik er 'spijt van hebben tot de volgende keer'.

ZO KAN IK NIET VERDER. WOOLF IS IN DE GEGEVEN OMSTANDIGHEDEN WEL HET LAATSTE WAAR IK AAN KAN DENKEN. Wenen en Woolf, dat is de onbekommerde jonge Gustl, en wat heeft die te maken met de August Kubizek van vandaag? Geloof me, ik heb geprobeerd om me op mijn verhaal te concentreren, om aan Woolf te denken... maar er is die bruine vlek op de muur! Telkens opnieuw dat onbestemde... bloed? Of zijn het uitwerpselen? Iets in elk geval dat nooit is weggepoetst op voor de rest onuitstaanbaar witte muren... een vlek die mij – en al wie na me komt – toefluistert dat er hier nare dingen gebeuren... Een geronnen vlek die schreeuwt dat ik in een dodencel zit en nooit nog de liefde zal kennen, nooit meer de warmte zal voelen van een ander mens.

Neemt u mij niet kwalijk. Ik ben blijkbaar NIET klaar om te sterven, niet echt klaar. Zou iemand dat ooit zijn, iemand die het leven liefheeft, heeft liefgehad?

Woolf was het soort schaap dat voorbestemd was voor de wolf, in mijn dromen althans. Terwijl hij met gilletjes klaarkwam in het stoffige universum dat verscholen lag achter het filmdoek, stelde ik me voor dat hij een schooljongen was, verbaasd over de plotse aandrang in zijn schoot. In werkelijkheid was Woolf al lang geen jongen meer en was hij de schaamte ver voorbij. In de nadagen van onze verhouding troonde ik hem wel eens mee naar mijn kamer, hoewel huisbaas Moser me onaangekondigd bezoek verboden had. Het gaf onze ontmoetingen iets samenzweerderigs, en wat Moser betrof: zolang ik tijdig de huur betaalde, kneep de dwaze man zijn ogen en zo nodig zijn oren dicht. Volgens Woolf hadden we ondertussen geen verhouding meer, maar een contract, wat betekende dat hij alleen nog wilde meedoen als er wat te rapen viel. Veel te laat begreep ik dat Woolf niet te vertrouwen was, dat hij zijn androgyne engelenkopje gebruikte om zoveel mogelijk slachtoffers – mannen, vrouwen, dat maakte hem niets uit – het hoofd op hol te brengen. Meer dan eens hoorde ik hem mannen achter het doek chanteren. Geen geld tja... dan zou hij – helaas, helaas, zucht... – een beroep moeten doen op de echtgenote, de ouders of de directeur, al naar gelang. Of viel er tegen de volgende week misschien nog iets te regelen? Meer dan eens vertrok hij heupwiegend uit Het Verre Oosten, met een schilder, een studente of een rooie in de arm. Mijn muzikanten werden daar wel eens vrolijk van, en waren zo vriendelijk om mij er attent op te maken: wist ik toch dat Woolf was vertrokken met een briljant artiest, met een jonge revolutionair of met een niet zo jonge maar beslist vermogende bankier?

De films van die tijd duurden langer dan een opera van Wagner... vermoeiend voor de toeschouwer, maar wat gezegd van de arme muziekmeester. De pauzes waren broodnodig, voor een dringende behoefte (nooit drinken vóór de voorstelling), om de rug te rechten en wat licht te gunnen aan mijn vermoeide ogen. Alleen de paukenist bleef noodgedwongen in de zaal, om met drie ferme slagen de wekelijkse actualiteiten aan te kondigen. Een rubriek die ik in de beginmaanden in de regel miste. Daar zou verandering in komen.

12.

In het voorjaar van 1919 namen de revolutionaire gebeurtenissen in Beieren zo'n omvang aan dat veel Wiener alleen voor de wekelijkse nieuwsrubriek naar de cinema kwamen. Zelf kon ik na de plas niet snel genoeg weer in de zaal zijn. Beieren was onze spiegel, maar tegelijk kon er in München zoveel meer dan bij ons. Op een paar jaar tijd was Beieren van een eerbiedwaardig maar stoffig koninkrijk omgevormd tot een warrige republiek. 'REPUBLIEK DER NARREN,' riepen hitsige toeschouwers. Ik mocht dan al in aanmerking komen voor de graad van 'idioot in de politieke wetenschappen' zoals A altijd zei, toch was ik vast niet de enige die moeite had met die Beierse toestanden. Een groep arbeiders en democraten had er onverwacht de macht gegrepen. Dat kon toen gewoon, zonder slag of stoot had iemand in München de 'Vrijstaat Beieren' uitgeroepen en dan was dat ook maar zo. Net toen we hoop begonnen te koesteren, werd de leider van die Vrijstaat, Eisner, een pacifist, vermoord. Met Eisner was ook de hoop uit de weg geruimd. Wanhoop en haat namen de vrijgekomen plaats in. Even nog kwam er een groepje leerling-tovenaars aan de macht. Een bizarre mengelmoes van filosofen, dichters en communisten die Beieren van Vrijstaat omtoverden in Radenrepubliek. Het volk zou er de macht delen met het volk. Mij klonk dat allemaal nieuw en fris in de oren, maar huisbaas Moser zei me in volle ernst 'dat het zijn tijd zou duren' en 'dat in München gewoon de oorlog nog niet was uitgewoed'.

Zoveel mensen kwamen op de actualiteitenfilms af dat hun geroezemoes tot gedoe leidde met de rest van het publiek. Voorstellingen liepen uit de hand en er kwam politie aan te pas om de rust in de zaal te herstellen. Voor ons, de bende plezier van Het Verre Oosten, hadden de gebeurtenissen in Beieren een extra betekenis sinds Barthold naar München was vertrokken. Net voor zijn afscheid had hij in een ongebruikelijke ernst een toast uitgebracht op de jonge revolutionaire republiek. Vervolgens had hij iedereen gekust en recht in de ogen gekeken, niet alleen de meisjes deze keer. Toen was hij vertrokken, en had daarbij de deur zorgvuldig achter zich open gelaten. Open. We begrepen dat het als een uitnodiging was bedoeld. Maar alleen Christus zélf zou de Beierse buren bijstaan... zijn trouweloze apostelen bleven liever veilig in Het Verre Oosten.

Herr Moser bleef rustig herhalen dat het slecht zou aflopen met de rooien en dat dat Beierse sprookje – zo noemde hij het – niet lang zou duren. Een paar weken nadat ik vrolijk de revolutie had uitgeroepen stond hij me met een betweterige glimlach op te wachten in de traphal. Het Beierse Freikorps had het rode varkentje gewassen, het verhaaltje van de Radenrepubliek was uit en wij stonden quitte.

Het Verre Oosten bleef verweesd achter. We wisten

niets over Bartholds lot, alleen dat hij niet naar Wenen was weergekeerd. Was hij gewond geraakt? Durfde hij niet, was Barthold bang voor onze hoon? Had hij de ware liefde gevonden? Een paar maanden later kreeg Johannes een brief, waarin zwart op wit stond wat we allemaal al lang wisten. Barthold was niet meer, hij had een kogel door zijn revolutionaire kop gekregen. Zijn jonge leven geofferd voor de mensheid en een republiek van honderd dagen. Dat was nadien. De eerste weken van zijn afwezigheid tuurden we met zijn allen naar de bewegende beelden uit München, in de hoop een glimp van hem op te vangen. Philipp had hem gezien 'zwaaiend op de achtergrond', Grete 'in de massa met een chique hoed' en Johannes zag hem 'rechts vooraan op het scherm, met een klein meisje op de arm'. We wilden het allemaal zo graag geloven.

Zijn einde werd ingeleid door een vrolijke bende die het station van Garmisch binnenreed. Wie niet beter wist, hield hen voor een circustroep. Die ongedisciplineerde troep zonder uniform, gezeten op de romp van een locomotief, was dat een leger? Een bonte menigte zwaaide met vlaggen met een ruitjespatroon. Zonder twijfel in blauw en wit, de Beierse kleuren. Mijn pianist tokkelde een ongeïnspireerd deuntje. Kon het zijn dat... die elegante jonge man, die kortstondig op het scherm verscheen, was HIJ dat? Ik wachtte ongeduldig tot het einde van de hoofdfilm. Mijn orkest was nog middelmatiger dan op een doordeweekse dinsdag. We hadden de grote slechterik al met een paukenslag afgemaakt op het ogenblik dat de bijl nog boven zijn hoofd hing. Het publiek morde. Na de vertoning liep ik op de trap Woolf haast ondersteboven en riep hem 'straks misschien' toe. Hij schikte zijn kleren en haalde zijn schouders op. De operator – een Italiaanse kaalkop voor wie ik nooit enige sympathie had gevoeld – keek schuldbewust en bleek bereid om 'voor onze jongste' de actualiteiten van de week een tweede keer te draaien. En zelfs een derde keer, met tegenzin weliswaar en in ruil voor contanten.

Hij was het, onmiskenbaar. Ook A zat dus in Beieren! Rechts op het doek, de geëxalteerde en vlaggenzwaaiende menigte, en links, helemaal alleen, A. Handen in de zakken. Benen gespreid. Hoofd rechtop. Dezelfde gedesinteresseerde houding die hij vroeger al had aangenomen telkens wanneer er iets bijzonders zijn aandacht trok: een optocht van de socialisten, de koets van de keizer, een processie van de katholieken... Hij was nauwelijks veranderd. Hij had blijkbaar het kamp van de 'bevrijders' gekozen, tegen Barthold en zijn revolutionairen. Het verbaasde me niet, A had misschien ooit wel een hoge pet op gehad van de rooien, maar dat was lang geleden. Het laatste wat ik hem hoorde zeggen was 'dat de rooien rijk werden met de miserie van de armen'.

Hij kwam niet meer dan een paar seconden in beeld, maar dat volstond. Hij leek robuuster dan in het verleden, de oorlog had hem niet gehad. Terwijl A zijn weg had gevonden, zou Barthold nooit meer in beeld komen.

13.

Ik bleef nog een jaar of twee in de bioscoop en begon er een zeker genoegen aan te beleven. Aan de films, niet aan de herhaling van mijn schrale muziek. Had je in het theater altijd enige goede wil nodig en veel verbeelding, in de bioscoop volstonden je ogen. Voor het eerst zag ik dieren spreken zonder dat ik meelij kreeg met de man die gehurkt over de bühne kroop. Met goud beladen schepen zonken naar de zeebodem, Napoleon voerde vunzige Franse legers aan en Nero stak uit waanzin de eeuwige stad in brand. Niet elke film bood een uitstap naar het verleden, maar toch een vlucht uit de treurnis van het heden. Dat hadden we nodig, want de wereld buiten lag aan scherven. Fabrieken draaiden op turf, en wie nog werkte deed dat uit gewoonte, niet omdat er brood mee op de plank kwam. Anemische Duitsers werden leeggezogen door een bloeddorstige 'eis tot herstelbetaling'. Het vredesverdrag van 1919 bleek een grotere vernedering dan de oorlog zelf, en Versailles was niet langer een kasteel, Versailles was een scheldwoord geworden. Terwijl de honger het gepeupel naar de kaalgeplukte akkers dreef, reden speculanten de voorbijgangers toeterend van de straat, in hun overdekte automobielen. Pronte winkeliers overleefden door meer te sjacheren dan gebruikelijk. Uit Smyrna bereikten ons verontrustende echo's over Turken die de christenen vermoordden en hun nageslacht – levend, meneer, levend! – aan het overwinningsvuur voerden. Terwijl Mussolini met tienduizenden op Rome marcheerde, werd in de Weense salons de charleston gedanst.

Op een dag stond ik weer op een perron, alleen met mezelf en mijn valiezen. Ik begreep al lang niet meer welke spoken ik in de hoofdstad had nagejaagd. 'Waarom, Gustl, zou je de rest van je leven in het duister van een orkestbak doorbrengen?'

Mama had weinig moeite gehad om me te overtuigen. Ze had een ver verwante burgemeester gevraagd of hij geen plaatsje voor me had. Hij kon nog een secretaris gebruiken en ik ontdekte plots onvermoede talenten als dossiervreter. Mijn nieuwe woonplaats Eferding – groot dorp, kleine stad – lag op geen 25 kilometer van Linz... dicht genoeg volgens mama. Met de Donau in de buurt zou ik lange tochten kunnen ondernemen, zoals ik altijd al had gewild. In het riet van de oever lagen verdronken vissserssloepen. De geur van bedorven water, de herfst. De nevel die het zicht beperkt, het landschap dat bij valavond zichzelf plots overstijgt, de bries die nieuws brengt uit de toendra's van het oosten... Er klonken echo's van mystieke gesprekken en het gekras van een eenzame kraai. Het deed me denken aan een meer in een gelukkig ver verleden. Op die manier beviel Eferding me al snel meer dan Wenen. Ik zwierf langs beemden en weiden en werd met de dag jonger en sterker. Gustl Kubizek begon te beseffen dat hij een kind was van het land, dat hij nooit een man van de stad of de wereld zou zijn.

Omdat er geen muziekvereniging van betekenis bestond in het dorp, vervulde ik mijn plicht – iedereen in Eferding met een hart voor muziek kijkt uit naar uw komst, meneer Kubizek! – en richtte een fanfare op. Ik leerde rood aangelopen boerenzonen de juiste maat te houden, maar ook niks meer. Voor Kerstmis en Pasen deden we iets met het parochiekoor. Het was tijdens die oefenstonden dat ik mijn toekomstige vrouw leerde kennen. Hoewel ze geen opleiding van betekenis had genoten, bezat ze enig muzikaal talent. Ze was mooi noch lelijk, zag er zoals ik het hebben wilde een tikje Slavisch uit en had van de natuur een rustig karakter meegekregen. Ik was niet in het minst verliefd, maar mijn pa had me op het hart gedrukt dat een echtgenote bovenal 'goedaardig, gelijkmoedig en gezond' moest zijn. 'De drie G's, Gustl!' Mijn moeder was zelf ook zo'n vrouw, en ze bleek bovendien over visionaire gaven te beschikken. Ze noemde Hanna van bij hun eerste ontmoeting al 'mijn aanstaande'. Aanstaande maar nog geen verloofde. 'Ze was er zeker van.'

Een avond in november – ik had weer eens een tocht langs velden en rijshout gemaakt – werd het me vreemd te moede. Is er iets triesters dan een novemberavond aan de Donau? Een vrijgezellenflat en een werkdag naast een naar stalmest ruikende burgemeester, dat was wat me te wachten stond. Zum Stockwirt en zijn klanten, geen hond die dáár vrolijk van werd, maar ze boden tenminste een warm alternatief voor 'thuis'. Als ik iets uit Wenen miste, dan was het dat wel, Het Verre Oosten met zijn bonte gezelschap van aankomende schilders, salonsocialisten en schuldige schepsels.

De weg naar de herberg bracht me langs het huis waar mijn 'aanstaande' leefde met haar moeder en grootmoeder, in een hofstee zonder mannen. (Op de dag van zijn vierenveertigste had grootvader in een ultieme opstoot van vitaliteit alles achter zich gelaten, niet beseffend dat hij daarmee het doodvonnis van zijn schoonzoon tekende. Er werd gefluisterd dat de jongeman niet zozeer aan de tering was gestorven, maar aan de gevolgen van een bij voorbaat verloren gevecht tegen het matriarchaat.) Behalve de melkman, de pastoor en de dokter kwam er geen mansvolk over de vloer van de door vrouwen bestierde hofstee. Juffrouw Hanna stond handenwringend op de blauwe en ik liet me gewillig naar binnen vragen. Het was bobonne, zei ze, en dat de dokter zo zou komen. Het kon niet lang meer duren. Geen kwartier later – Herr Doktor zou nu echt snel komen – besliste de oudste dat het moment gekomen was om Andere Oorden op te zoeken. Ik bleef een goed deel van de nacht bij de aflijvige, nam deel aan de voorbereidselen voor de begrafenis en werd zonder verdriet in de rouw gedompeld. Tijdens de uitvaart beschouwde heel Eferding me als de verloofde van mijn aanstaande, terwijl ik nooit meer dan haar hand had aangeraakt.

De avond van de begrafenis – ik bleef uit beleefdheid bij de rouwende vrouwen – verlieten de buren met de klok van negenen het huis. Niet veel later besliste de voortaan-oudste om naar bed te gaan met haar verdriet, de grote verwarmde keuken aan ons twee latend. Mijn toekomstige nam mijn vingers in haar klamme handen om me te bedanken voor zoveel onbaatzuchtige behulpzaamheid. We lachten samen over de roddels die over ons de ronde deden, om ons een beetje later af te vragen of we niet de laatsten waren om het te begrijpen. Hanna treurde om het heengaan van haar grootmoeder, en door de vrije loop te laten aan dat soort van emoties kwam ook de onderdrukte tederheid naar boven. Haar tranen waren warm en ik plaagde haar een beetje. Ze gaf me een zoen en ik kneep in haar natte wangen. Trieste gebeurtenissen spelen wel vaker de geleiders van de liefde.

Een paar maanden later, de beemden stonden alweer in bloei, zette ze het licht op groen. Ik had nog vrouwen gekend, maar dit was anders. Terwijl mijn lid naar binnen gleed, besefte ik dat ik onherroepelijk deel ging uitmaken – lid werd – van de familie. Ik zag de stervende grootmoeder voor me, de moeder die de trap opging en bedreef de liefde met drie generaties tegelijk. Toen mijn bewegingen van langsom meer verkrampten, kwam er een glimlach op hun gelaat. Er was een punt bereikt waarop geen terugkeer meer mogelijk was. Vreemd hoe onbezwaard een mens de belangrijkste beslissingen uit zijn leven neemt. Ze duwde me weg, zacht maar met iets als een wens in haar ogen.

Geen twee jaar na mijn terugkeer in mijn geboortestreek was ik een getrouwd man. Ik was vierendertig, zij negenentwintig, de hoogste tijd! Ik verliet mijn vrijgezellenflat en trok naar de hofstee, waar mijn rijk om negen uur 's avonds begon, wanneer mijn schoonmoeder haar strategische terugtocht had voltooid en mijn vrouw zich tegen mij kwam aanvleien. We deden niets om het werk van God in haar schoot te verhinderen. De kleine, een jongen (!), kwam op de wereld in januari 1923. Ik was tevreden, maar de passie zonder rede, de liefde met een grote L, die was ik voor altijd verloren bij Gertrud. Of bij Adi, als ik eerlijk mag zijn.

14.

In de maand oktober van datzelfde jaar stuurde de burgemeester me naar Wenen, om er een administratieve zaak te bepleiten bij de overheid. Hij had aan mij gedacht 'wegens mijn kennis van de hoofdstad, omdat ik me wist te gedragen' en 'als geen ander dat Wiener accent kon imiteren'. Ik zou van de gelegenheid gebruikmaken om een bezoek te brengen aan Het Verre Oosten, en hoopte stilletjes Woolf terug te zien. Of Grete. Woolf zou te maken krijgen met een man, een echte deze keer. Mijn boog en mijn verwachtingen stonden hooggespannen.

Maar van Grete had niemand hier gehoord en Woolf was vertrokken, naar Kroatië, naar niemand-wist-waar. Ik drukte vluchtige handen van mensen die beweerden me te kennen, merkte hoe Barthold van de muur was gehaald en plaats had geruimd voor een mislukte Kokoschka-imitatie. Studenten discussieerden over de zin van de Kunst en lieten zich laatdunkend uit over de kwaliteit van het bier, over het werk van God en dat van Wassily Kandinski. Het was nog te vroeg voor de opera, en hoewel ik had gezworen het niet te doen, ging ik slenteren in de buurt van het Westbahnhof, de wijk die me zo vertrouwd was.

Op de hoek van de Mariahilfer en de Kirchengasse was er een krantenkiosk neergepoot, zo'n modieus ijzeren ding met een torenspits erop.

'Ludendorff und Hitler gefangen genommen.' Onderaan de eerste pagina, een tekening van de twee hoofdrolspelers. Erich Ludendorff, de meest succesvolle Duitse generaal van de grote oorlog en hij, Adi. Nu had ik al wel gehoord van Adolf Hitler, een nationalistisch en opvliegend politicus, een begenadigd redenaar en partijleider in München. Ik had op een avond zelfs tegen mijn vrouw gezegd dat een politicus-met-vreemde-ideeën precies dezelfde naam droeg als mijn voormalige vriend, de ongelukkige artiest waarover ik liever niet te veel vertelde. En dat – hier kwam het punt! – mijn voormalige vriend zelf ook naar Beieren was getrokken. Meer dan een amusant toeval had ik er niet achter gezocht, zo onwaarschijnlijk leek het me dat er een verband was tussen A en de bizarre politicus. De naam Hitler was niet ongebruikelijk in onze streken. Echt, dat was wat ik toen geloofde. Intussen begrijp ik dat ik het gewoon niet wilde weten, dat ik mezelf wijsmaakte dat Hitler niets te maken had met Adi, omdat mijn rustige leventje anders grondig in de war zou worden geschopt. Maar het portret in de krant loog niet, hij was het wel degelijk, A was Adolf Hitler! De componist zonder noten, architect voor zichzelf en clochard voor de wereld... de mislukte schilder had zijn artistieke dromen opgeborgen en zijn weg gemaakt in de politiek. Ook al leek hem dat vooralsnog meer roem dan geluk te brengen. Ik kocht andere kranten, zonder uitzondering brachten ze de gebeurtenissen van München op de frontpagina.

15.

De Vrijstaat van Eisner en het mislukte experiment van de Radenrepubliek hadden Beieren immuun gemaakt voor de rode golf die de rest van Duitsland overspoelde. *Daheim* werd nog over de katholieke ziel gewaakt, werden vreemde invloeden buiten gehouden en zou de duivelse – joodse! – ideologie van het marxisme nooit meer vrucht dragen. Beieren mocht dan verworden zijn tot een land als alle andere – het was geen koninkrijk meer en zelfs geen republiek, het vormde gewoon een onderdeel van de trieste republiek van Weimar – het zou uit zijn as verrijzen! Toen de Fransen na de oorlog dan ook nog eens de Ruhr waren gaan bezetten was de gekwetste Beierse eigenliefde alleen maar sterker geworden... de vijand had zich genesteld in het hart van de Duitse industrie. Fransozen die, dat zag je aan hun manières, de strijd alleen dankzij de Russen, Engelsen en Amerikanen hadden kunnen winnen, paradeerden met Parijse arrogantie door onze Duitse steden. Zelfs ik, de niet-in-politiek-geïnteresseerde ambtenaar uit Eferding-bij-de-Donau, was gechoqueerd. Politieke groeperingen zagen hun ledental verdubbelen, verdrie- en viervoudigen. Eerbiedwaardige bewegingen versplinterden tot grillige groepjes. In die toch al chaotische omstandigheden had A er dus niet beter op gevonden dan een putsch te plegen... Een staatsgreep die – daar waren alle kranten het over eens – was uitgedraaid op een hopeloze mislukking. De commentaarschrijvers vroegen zich af hoe een gedecoreerd generaal, een oorlogsheld als Ludendorff een paljas als Hitler had kunnen volgen. De gebeurtenissen waren pijnlijk en grappig tegelijk, een tragikomedie meer dan een drama. Een verhaal in de trant van Old Shatterhand, de revolverheld waar Adi zo dol op was.

Ik was beschaamd... en trots tegelijk. A was naar een bierkelder getrokken op het ogenblik dat de fine fleur van de Münchense regering er een meeting hield. Terwijl hij zijn mannen de zaal liet omsingelen, was hij met een paar getrouwen door de grote poort naar binnen gestapt. Het hoofd van het Beierse triumviraat was net begonnen aan een lofrede op de dictatuur. A hief zijn bierkruik in de lucht, nam een slok en gooide de pul op de grond. De gigantische kelder had zoiets al wel meer gezien, en A moest in de lucht vuren om enige grandeur te geven aan zijn entree. Na wat geharrewar liet hij de leiders van het triumviraat opsluiten en stak temidden het kabaal een rede af die de zaal als bij wonder eerst stil en vervolgens plat op de buik had gekregen. Een instant-regering werd in het leven geroepen, de 'verraders van Berlijn' per decreet afgezet. Zoals ik eerder al zei, in die dagen was een staatsgreep plegen in München een niemendalletje! Wat later kwam ook Ludendorff naar de bierkelder, zichtbaar verlegen met de situatie. Toch was hij op de estrade gaan staan, naast A, waarom was ook voor de commentaarschrijver een raadsel. Samen met het verbouwereerde triumviraat hadden ze zich voorgesteld: de nieuwe regering! Generaal Ludendorff was gebleven, maar van de drie andere 'regeringsleden' was er de volgende ochtend geen spoor meer. Ludendorff, die een slechte afloop voor wilde zijn, gaf orders voor een mars op München, het enige wat naar zijn aanvoelen de coup kon redden. Samen met A en zo'n duizend getrouwen waren ze opgestapt naar het centrum. Maar leger en politie hielden zich klaar. De eerste barricade werd gesloopt, bij de tweede openden mitrailleurs het vuur. Een tiental mannen stierf ter plaatse – sommigen vaders, allemaal zonen. De agenten telden drie slachtoffers. Dertien mensenlevens voor een mislukt idee. Hoeveel bloed – zou A zich die vraag ook hebben gesteld? – hoeveel bloed is een idee eigenlijk waard? Ludendorff gaf zich over, zonder lafheid noch spijt. Andere leiders volgden, maar A niet. Op dat punt liepen de getuigenissen uiteen. De enen zegden dat meneer Hitler gewond was geraakt en afgevoerd naar een ziekenhuis. Volgens anderen had A zich voor dood op de grond gegooid en was er lafweg van onderen gemuisd. Hij werd wat later toch ingerekend.

Ik plooide de kranten zorgvuldig in een vierkant en keek met verbazing naar de Wiener die zich naar huis spoedden alsof er niets aan de hand was. Terwijl er zich over de grens een drama afspeelde, waren de Weners bezorgd als altijd... over weer en wijf! Ik ging bekomen in de Gottes Augen, vergat de opera en stortte me op de drank. Kon die verdomde Floddermuis me gestolen worden! Zou ik hem een brief sturen? Misschien om te zeggen... om hem wát te zeggen, au fond? En hoe moest ik die brief beginnen? 'Mijn lieve vriend'? Of was 'mijnheer de partijvoorzitter' meer van toepassing? Wilde ik nog wel iets te maken hebben met een gevangene, een misdadiger die verantwoordelijk was voor de dood van minstens een dozijn mensen? Eerlijk, ik wist het niet.

Was Woolf die dag in Wenen geweest, dan had mijn leven allicht niet dezelfde noodlottige wending genomen. Had ik de nacht bij hem doorgebracht en was ik beladen met een mengsel van schuld en heimelijke trots naar huis en Hanna teruggekeerd... misschien had ik pas later geweten wat er van mijn vriend geworden was, op een ogenblik dat alles al duidelijk was, dat A al helemaal Adolf Hitler was... Had ik in dat geval anders gehandeld, juister en beter?

Vanaf dat verloren moment, op de samenloop van de Mariahilfer en de Kirchengasse, kon ik niet meer ontkennen dat mijn A gevolgd werd door de H van Hitler, en was ik het aan mezelf verplicht om de zaak van mijn vriend te blijven volgen. Moeilijk was dat niet, want de Beierse kranten hadden een vette kluif aan zijn proces, waarmee hij meer dan eens de voorpagina haalde. A was erin geslaagd de procureur aan zichzelf te doen twijfelen. Hitler excuseerde zich niet voor zijn staatsgreep, integendeel, hij was er net trots op. Er werd van langsom minder over Ludendorff en zijn medestanders geschreven en meer over Hitler, die van de zittingzaal een theater had weten te maken en van het beklaagdenbankje een podium. De verloren eer van het Duitse Volk... MIJN DUITSE VOLK! De verraders van november, die het land aan den vreemde hadden verkocht. VOOR EEN SPOTPRIJS! Zal het vaderland straks door rode vlaggen worden overspoeld? Vlaggen gedrenkt in Duits bloed, geofferd op het altaar van het joodse gespuis dat de bolsjewieken tot leven had gewekt? Had hij een staatsgreep gepleegd? Of had hij het land net aan zichzelf teruggegeven... HEREN VAN DE JURY! Wilde hij de stad doen inslapen of net doen ontwaken? Begrepen ze niet dat het land stabiliteit nodig had, nu meer dan ooit? Dat de laatste levende krachten moesten worden aangesproken voor het te laat was. Geen halve maatregelen! Niet morgen maar nu!! Om de vernederingen te vergelden... waren dat nederlagen van het Duitse Volk? Of waren die nederlagen het werk van de minkukels die beweerden het volk te leiden. terwijl ze in werkelijkheid niets anders deden dan zich te plooien naar de eisen van de joodse internationale?

Ik, mijne heren, zal blijven strijden. Tegen de twijfel. Tegen de pers die de Duitse ziel bezoedelt en haar geest verkoopt. Ik zal blijven vechten voor het Arische Ras, opdat het de ruimte vinde waar het recht op heeft. We hebben wilskracht nodig, om de republiek van de lakeien omver te werpen. We moeten het Volk wakker schudden... het naar de poorten van Berlijn sturen, om de parasieten die zich leiders noemen te elimineren... Alleen de WIL kan voor een ommekeer zorgen, voor een nieuw elan. Onvermoede krachten zullen worden opgewekt – nee, bevrijd! – door een groot leider, een taak die ik, Adolf Hitler, op mij wil nemen. Ben IK niet de uitdrukking van de levensdrift die het Duitse Volk uitstraalt? Kan ik de weg en het doel zijn van een VOLK, de opstanding van een NATIE – van Bayern tot Rheinland, van Saksen tot Thüringen. Honderdduizenden herkennen zich in mijn ideeën en vormen het levende bewijs dat ik de Ziel van het Volk belichaam.

Uiteindelijk had hij niets anders gedaan dan zijn talenten ten dienste te stellen van de Natie. Niet hij maar HET BEIERSE VOLK had de macht gegrepen! Mijne Heren van de Jury, ik vrees uw rechtspraak niet. Ik ken uw verdict, maar IK alleen ben verantwoording verschuldigd aan een Rechter die Geschiedenis heet. DE DAG ZAL KOMEN WAAROP ONZE TROEPEN COMPANIEËN WORDEN, ONZE COMPANIEËN BATALJONS, ONZE BATALJONS REGIMENTEN. Op die dag zal Duitsland opstaan. Onze beenderen zullen uit de aarde worden opgegraven, en het volk zal U oordelen. Oude banieren zullen wapperen, gedragen door een frisse wind, een Volk zal zich erachter scharen. Het zegel zal verbroken worden, de zon zal zwart worden als het haar van een jood, de maan zo rood als zijn bloed. De sterren zullen hun wraak op de aarde koelen, en de hemel zal worden gevuld met het gesteun en geweeklaag van zij die gisteren nog de meesters waren. Maar de nieuwe Heerser zal geen genade kennen, het vuur en het zwaard zullen Zijn Oordeel vellen. De legers van de Führer zullen pas rust kennen wanneer het laatste van die verwerpelijke creaturen in zijn eigen uitwerpselen zal zijn gestikt.

De profeet had meer dan een uur gesproken, en hij had indruk gemaakt. Wat me opviel was dat hij zich voorstelde als de redder van Duitsland, terwijl hij toch een grensgeval was, een Oostenrijker. Maar niemand die daarover viel. Stelde die grens nog wel iets voor, of was alleen het bloed nog van tel? Als meester van de dramatiek had hij zich dan toch nog de evenknie getoond van Wagner, om beurten was hij Rienzi geweest, Marius of Napoleon.

Zijn apologie miste haar effect niet. Een krant merkte op dat het oordeel van de rechter nauwelijks strenger was geweest dan het 'oordeel van de geschiedenis' waarover hij het zelf nog had. Vijf jaar 'gevangenis', achter de comfortabele grendels weliswaar van slot Landsberg. Ludendorff, ongetwijfeld dankzij de geur van heiligheid die hij sinds al zijn gewonnen veldslagen en de Belgische campagne van 1914 met zich meedroeg, werd vrijgesproken. Ik dacht lange tijd niets meer van Adi – Hitler – te zullen vernemen. Het zou wat hem betreft mijn laatste vergissing niet zijn.

16.

De Eferdingers kregen er lucht van dat ik 'de vriend van Hitler' was. Op het stadhuis gaven collega's me de raad om hem een brief te schrijven. Onbekenden spraken me plots hartelijk met 'Gustl' aan. Een magere hein vond dat ik Hitler een bezoek moest brengen, omdat ik aan zijn zijde een belangrijkere rol te vervullen had dan in het godvergeten Eferding. Had hij helemaal ongelijk misschien? Een ogenblik lang wikte ik en woog, maar het was mijn vrouw die beschikte: 'Ik blijf hier, jij blijft hier, wij blijven hier!'

De avondkrant, bladzijde drie.

'Bedoelt u dit hier, dat de Duitse mark voortaan niet meer geteld wordt, maar gewogen?'

'Nee, Kubi kuiken, kijk wat er hier staat... hiér!'

De burgemeester stak zijn dikke vinger onder een onopvallend artikel.

Geen jaar na zijn veroordeling had Adolf Hitler de gevangenis mogen verlaten, wat zoveel betekende als de vrijspraak. Voor hem, en in zekere zin ook voor mij. Ik was niet zozeer blij dan wel opgelucht. Mijn bekommernissen over de gevangenis van Landsberg bleken onterecht, Adi was er als een koning behandeld. Hij had het bezoek gekregen van hooggeplaatste personen en was – omringd door de zijnen – begonnen aan een boek, iets als *Leven en Meningen van Adolf Hitler*.

'Omringd,' zo stond het er, en 'de zijnen'.

Het artikel liet uitschijnen dat ene meneer Hess een belangrijke bijdrage had geleverd tot het boek.

Had ik niet even nuttig kunnen zijn als Hess?

Was ik niet de eerste en enige getuige van de jeugdjaren van Adi?

Was ik er niet bij geweest, bij zijn ommekeer? De dag dat we Rienzi hadden gezien en hij zich voor het eerst volksmenner had gevoeld?

Wat wist die meneer Hess eigenlijk over hem, over zijn dromen, over de mensen die hij graag had gezien, die hij graag zag? Had meneer Hess Adi's moeder gekend dan, of Stefanie-met-de-brede-heupen?'

'Kubizek?'

'Excuus. Excuus burgemeester, even... verdwaald.'

Op zondag werd ik vergezeld door één en weldra twee kleine ukjes. Op het ogenblik waarop ik deze regels schrijf, besef ik dat het al bij al niet zo'n ongelukkige tijd was. De ambities van mijn jeugd, dat is waar, hadden plaatsgemaakt voor een leven zonder uitdaging. Maar na het werk kwam ik met een zeker genoegen thuis, dat wil zeggen: bij mijn vrouw aan huis. De soep stond te pruttelen op de stoof, en duwde ik de deur open dan sprongen de kleintjes als jonge honden in mijn armen. Lagen ze na de avondklok uitgeblaft in bed dan namen we elk een hoek van de keukentafel in en lazen – mijn vrouw de bijbel, ik de krant.

'Geachte Heer Kubizek, met dit schrijven laat ik u weten dat het werk gearriveerd is. Met Hoogachting, Leopold Steinmetz.'

Dezelfde dag nog reisde ik naar Linz.

'Ik verwittig u maar meteen, meneer Kubizek, het is onzin. Geheide onzin! Of zie ik dat verkeerd, misschien?'

Ik stond in zijn winkeltje, het werk in mijn beschroomde handen, als betrof het een roodborstje dat door mijn kat was doodgeklauwd.

'Hey, het is geen dood vogeltje, hé Kubizek!'

De arme Steinmetz... naar verluidt was hij net aan een aria van Verdi begonnen toen ze hem de schedel insloegen. Dat was na de Anschluss. ('Anschluss, meneer Kubizek, het woord alleen al... alsof wij ons uit vrije wil hebben aangesloten. Dat ze tenminste het fatsoen hebben om het kind bij zijn naam te noemen, dat ze het geen *Anschluss* noemen maar *Annexion*!)

Had hij geen neus voor de loop van de geschiedenis, Steinmetz, zijn literaire smaak is buiten kijf. Hitlers boek was niet alleen onzin, het bestond vooral uit honderden bladzijden van verveling. Ik schreef dat aanvankelijk toe aan mezelf en mijn intellectuele beperkingen. Ik begon aan deel twee, maar dat was zo mogelijk nog dikker en saaier dan deel één. Een keer of twee, drie begon ik met nieuwe moed aan het trage, taaie verhaal over zijn '*Kampf*'. Maar zijn soort van strijd was me te theoretisch, en telkens weer kreeg de slaap de overhand. In die dagen was het nog een boek als alle andere. Jan-de-buurman bewaarde het nog niet als een reliek in de glaskast, zoals tegenwoordig het geval is. De eerste zinnen kon ik volgen, waar hij schreef dat het geen toeval kon zijn dat hij pal op de grens tussen de twee grote Duitse staten was geboren. Daarna ging het over zijn vader – hij kon die man niet uitstaan! – zijn moeder – die hij adoreerde maar dat bleek nauwelijks! – daarna verzandde het verhaal in loze bespiegelingen. Over zijn leven niets, haast niets, en dan nog in hoofdzaak leugens! Ik las en herlas, onderstreepte hier een zin en daar een paar woorden en was ze een half uur later alweer kwijt. Het enige wat me interesseerde was zijn levensloop, en vooral dan vooral zijn – mijn – jeugd, onze jonge jaren. Hoe hij onze gelukkige dagen zou beschrijven, de gestolen uren in de veldschuur, de Hermannskogel en het Wienerwald... Onze tocht naar de stilte, de gedeelde regenbuien, de geur van hooi en natte, jonge lijven. Maar onze Weense jaren bleken hem nauwelijks het vermelden waard. Hem het vermelden niet waard of Hess het vermelden niet waard? Had hij het over een vriend die hem van 's morgens tot 's avonds begeleidde, dan bedoelde hij... de honger. Geen woord over mij, over onze uitstappen. In de plaats daarvan had hij het over zijn 'werk' – handenarbeid, alsof hij meer dan drie dagen na elkaar zijn handen uit de mouwen had gestoken! – over zijn afkeer voor de sociaal-democratie, over de joden en de beste manier om getrouwde mannen van de drank af te houden. Maar nog eens, geen woord dus over zijn vrienden, over mij, zijn enige vriend. Wenen, dat was voor hem, zo stond het er, de meest ongelukkige periode uit zijn leven geweest. Had dat allemaal te maken met het stuk onbenul dat ik was, wilde Hitler liever niet herinnerd worden aan Adi, aan een tijd waar ik net zo trots op was? Of had hij integendeel te enthousiast verteld over het geruwde linnen, onze mannenvriendschap en het echte leven buiten? Over onze omzwervingen in de stad, het bezoek aan de opera... En had hij, of Hess, geoordeeld dat zoiets moois en verhevens, zoiets intiems niet voor publicatie geschikt was, niet voor het grote publiek, zelfs niet in een gekuiste versie? Was ik, was onze vriendschap Adolf Hitlers best bewaarde geheim?

Ik begreep natuurlijk best dat hij een vriend kon gebruiken, dat hij iemand nodig had waarop hij kon vertrouwen, nu meer dan vroeger. Af en toe moest hij zijn ziel kunnen uitstorten, zo zat hij nu eenmaal in elkaar. Ik kon me nauwelijks voorstellen dat hij zijn torment aan een vrouw zou toevertrouwen, een vrouw zou voor hem nooit meer dan een madonna zijn, een heilig *dezeke*, een treesje onbereikbaar. Zoiets als zijn dode moeder in de hemel, geen vrouw kon ooit zijn vriend zijn. Hoe meer ik erover nadacht, hoe meer ik overtuigd raakte dat hij een man nodig had, een man als ik, dat hij mij nodig had. Maar het punt was: hoe kon ik hém daarvan overtuigen?

Mijn vrouw was niet voor de liefde getrouwd, maar voor het moederschap. Of misschien kwam het een volgens haar gewoon voort uit het ander: de liefde de rups, de kinderen de vlinder. Ik zorgde voor de middelen die nodig waren om het kleine gezelschap te onderhouden, en dat was precies wat er van mij werd verlangd. Hoe ver weg leken Wenen, Marburg en Klagenfurt! Ik was een burgermannetje en ik wist het. Een ambtenaar, gewaardeerd door de baas en beleefd tegen de ondergeschikte, maar zonder plan, project of zelfrespect. Mijn grootste verdienste bestond erin dat ik naar mijn oude moeder had geluisterd waar het om werk en 'liefde' ging. Ik had het leven verzaakt, talenten laten vergaan en vriendschappen niet gekoesterd. En toch! Toch waren er ogenblikken waarop ik dacht dat er nog iets in me zat, iets dat groter was dan mezelf... tijdens mijn omzwervingen langs de rivier verschrompelde het brave burgermannetje, om na een paar kilometer plaats te maken voor een meer solide Gustl: groot en sterk en klaar om zijn schouders onder het leven te zetten. Gedreven door een onzichtbare macht, een verre roeping. Soms kreeg ik het onwezenlijke gevoel dat de kleine Gustl het ooit aan zijn Grote Broer zou overlaten. Op zulke avonden ging ik slapen met het moreel van de winnaar. De volgende ochtend werd ik wakker als het kleine broertje. Het kleffe zweet van mijn vrouw had mijn hersenschimmen verdreven. Op het ogenblik dat August zijn geheimen met haar wilde delen was ze in slaap gevallen.

Op een onverwachte maandag werd ik naar huis geroepen. Bij het naderen van de hofstee vertraagde ik de pas en volgde links het karrenspoor dat naar het kasteel leidde. Ik aarzelde, zag hoe de wind zwarte kraaien van de velden joeg, telde honderd passen en maakte dan rechtsomkeer, omdat tenslotte ook het leven zonder omwegen is. De kleintjes waren niet thuis en Hanna stond handenwringend op de blauwe steen. Ik weigerde het eerst te geloven. Was er geen vergissing in het spel? Mama, mijn zachte ziel, mijn levend bloed. Mama was gestorven. Mijn ogen begonnen te wenen, voor het eerst sinds de dag waarop ik als jongen beide knieën had opengehaald. Toen ik jaren eerder voor het gat in de aarde had gestaan waar vader in verzonken lag, had ik de tranen niet gevonden, opgedroogd als ze waren door de grote oorlog. Toen Gertrud me had verlaten voor die lijkenpikker van een elektricien had ik haar versuikerde bonbons opgegeten zonder te verpinken. Maar nu er weer een kist voor eeuwig in de grond verdween, voelde ik ze komen: tranen voor mama, en die voor papa volgden snel. Toen kwamen ook de tranen van de oorlog, die voor het verraad van Adi en helemaal op het laatst, toen ik dacht dat ze op waren, ook nog eens de tranen die ik nooit voor Gertrud had gestort. Mijn vrouw pakte mijn vingers in haar klamme handen en zei dat het goed was.

17.

De week voor Pasen. Een dikke, kartonnen kaart van de burgemeester nodigde ons – 'Herr und Frau A. Kubizek' – in Gotische letters uit voor een receptie op de pastorij. Met mijn dubbele functie van gemeentesecretaris en dirigent-oprichter van Musikverein Harmonie Eferding mocht ik niet op het appel ontbreken. Een bewijs van erkenning dat me meer deed dan ik wilde toegeven, terwijl het voor mijn vrouw een plaats op de tweede rij in de hoogmis betekende, dichter dan ze ooit had durven te dromen. Zelfbewust, met onze laatstgeborene als een trofee in de armen, baande ze zich een weg door het volk dat haar twee jaar eerder nog geheid 'jongejuffrouw' had genoemd. Voor haar hoorde alles bij elkaar, het dorp en de burgemeester, de parochie en de pastoor, de piëta met het dode kind op de schoot en zijzelf met haar pasgeborene. Op het doksaal zong het koor de valse noten waar ze dagen later nog plezier aan beleefde. 'Je hebt dat toch ook gehoord, Gustl, bij de aanhef van het *Kyrie*, mijn God! Was er dan helemaal niemand om de la aan te geven?'

Pastoor Hirte had zijn tuin laten schikken naar het laatste Franse model uit zijn *Illustré*, met geurige palmhaagjes en borders van narcissen. Ik nam haast vrede met de wereld: de vriendelijke kleuren in de kerk, de zon die hoog in het zwerk de nevels verdreef, de kalmte van een hoogdag. De burgemeester klopte me mannelijk op de schouders – 'blij dat ik er eindelijk bij hoorde'. De houthandelaar, de burggraaf en de notaris schudden warme handen en deden om ter slimst. De bomen stonden in de knop, de vrouwen toonden hun nieuwste hoofddeksels en de heren speelden van 'republiek of keizerrijk'. Niet veel later zou de mogelijke terugkeer van de Habsburgers ook in Wenen weer een thema worden. Ik hield me op een afstand, vond mijn plaats niet tussen de rijken. De slager – voldoende bemiddeld om uitgenodigd te worden, niet slim genoeg om uit te blinken bij de conversatie – riep overdreven luid:

'Zeg, die vriend van jou... Hitler! ... mag je fier op zijn, hé Gustl!'

Ik, fier?

Adi had in het slot van Landsberg gezeten, en sinds de publicatie van zijn boek had ik niet veel meer over hem gehoord. Al dácht ik meer aan hem dan ik wilde toegeven.

'Ik heb hem in jaren niet meer gezien.'

De pastoor stak een bowl in de hoogte:

'Op de verrijzenis van Christus onze Heer en op de gezondheid van al Zijn gelovigen.'

Er werd gedronken. Ik wist niet zeker of ik die plotse christologische toast wel begrepen had, maar het leek alsof de pastoor het onderwerp had willen afvoeren.

Niet veel later trok Schlächter me alweer bij mijn manchet... als een schooljongen die het krijtje van de meester heeft gepikt, liet hij een speldje zien, iets met een antiek kruis. Hij begon te fluisteren, want of ik het wilde of niet, de waarheid had haar rechten. En wie recht zei, zei plicht, en had Oostenrijk niet de plicht om mee te gaan in de vaart der volkeren? Hij was lid geworden van het Völkisch Block! Wie aan de goede kant stond moest zich rond een leider scharen, zich verenigen. Want zelfs in Eferding... Ze zochten trouwens een secretaris voor de lokale afdeling.

'Kom er toch bij, vrienden! De zwierigste muzikant van onze stad en de lekkerste slager! Wat blijven jullie daar op de achtergrond? Is Pasen dan niet het symbool van de heelheid van onze gemeenschap? Zijn we in de ogen van God niet allemaal gelijk, en zijn we ook geen gelijken in de gemeenschap van de heilige Kerk?'

'En dat,' voegde pastoor Hirte eraan toe terwijl hij inspiratie leek te zoeken in de hemel: 'of we nu Oostenrijker zijn, Italiaan of Bohemer!'

Ondanks de nauwelijks verholen terechtwijzing prikte Schlächter het speldje van het Block op zijn revers en stond ik, of ik dat nu wilde of niet, weer wat dichter bij Hitler. We dronken en we lachten.

Schlächter profiteerde van een onnozelheid – een ambtelijk probleem – om me te komen opzoeken. Toen dat al snel van de baan was, nodigde hij me uit voor een glas. We dronken Duits bier in aardewerken pullen. Schlächter was het soort man die wist aan wie de ondergang van de wereld gelegen was, maar las hij een tekst dan moest hij een bevende vinger onder het lijntje houden. Hij kende geen fa- uit een solsleutel, geen Frans uit Italiaans... Twee tellen nadat hij had toegegeven dat het hem 'aan een beetje opvoeding ontbrak' begon hij aan een tirade tegen 'de *inter'lectuelen* die dachten boven het volk verheven te zijn'. Tafel nummer vier van Het Witte Paard zou onze *Stammtisch* worden. Schlächter bracht vrienden mee. Ook al waren ze bakker, brigadier of bosbouwer van beroep, ze waren slager van hart. Ik ging al snel door voor de intellectueel van het gezelschap. Ik begreep zelf niet wat ik bij dat soort volk te zoeken had, ik die toch geen slagershart heb. Intussen geloof ik dat het de Grote Gustl moet zijn geweest, die het overnam van de kleine. Intussen begrijp ik dat het een andere manier was om dichter bij Adi te komen.

18.

Veel meer dan dit kwam ik voorlopig niet te weten.

Hess, Rudolf.
°1894, Alexandrië, Egypte.
Zoon van koopman.
Met zijn puberteit naar Duitsland gestuurd.
Tijdens de oorlog piloot.
Lid van het Beierse Freikorps (misschien wel de man die Barthold voor zijn kop had geschoten?)
Zwijgzaam, gevoelig type. (Luisterend type?)
Al vroeg lid van de NSDAP, lidmaatschapsnummer 16.
Samen met A deelgenomen aan de putsch van München, gevlucht naar ons land maar teruggekeerd en zichzelf aangegeven (!). Om samen met mijn vriend een jaar te kunnen doorbrengen in de 'gevangenis' Landsberg? (Hoe was het er daar aan toegegaan, al die mannen onder elkaar?)
Bijnaam: 'juffrouw Hess' of 'juffrouw Gusti' (!)
Ongehuwd, naar verluidt met vaste vriendin.

Na Gustl was er dus een Gusti in het spel. Gusti. Was dat de troetelnaam die Adi hem had gegeven? Of was het net een scheldnaam, door anderen bedacht om hem te kwetsen? Om Gusti Hess te kwetsen of om Adi Hitler te raken?

19.

Het Völkisch Block trad uit het duister. Een ras riep luid en klaar hoe superieur het wel was. Ik voelde me niet helemaal gerust; om te beginnen was mijn vrouw een halve Boheemse. Hanna fronste al langer de wenkbrauwen bij mijn belangstelling voor Hitler en alles wat met hem te maken had. Op een middag merkte ze bij de linzensoep op dat de naam die onze kinderen droegen toch ook niet al te Germaans in de oren klonk.

'Kubizek, Gustl! Koe-bie-tsek!,' waarbij ze geënerveerd aan haar linkeroorlel trok. Ik antwoordde niet. Bij de aardappelen deed ze er een schep bovenop: zat er in mijn aderen ander bloed misschien dan in de hare? Was het rein of misschien wel heilig bloed, gezuiverd wie weet door de Heilige Geest? Ik trachtte me voor het eerst in mijn leven het bloed in mijn aders voor de geest te halen, dat dikke Slavische bloed, dat ik in de Karpaten had zien vloeien, voor de Oostenrijks-Hongaarse zaak nog wel. Hanna liet verstaan dat ik minder naar die meneer Hitler moest luisteren en meer naar mijnheer pastoor. Ze opperde dat ik – waarom niet? – onze naam kon laten veranderen, in Kubel, Speer of Specht. Mijn vrouw was – is! – katholiek zonder bijgedachten en zoals het een goede katholiek betaamt, begrijpt ze niets van politiek. Politiek is volgens haar 'een bezigheid van schepsels die nooit hun hemel zullen halen', iets wat in de eerste plaats voor mij gold. Ik wilde antwoorden, vertellen over mijn eretitel van 'idioot in de politieke wetenschappen'. In de plaats daarvan haalde ik alleen mijn schouders op.

Onze kring begon met 'avondlijke activiteiten'. Enkele stonden open voor de gemeente, de meest belangwekkende – 'Politieke Vorming' – bleven voorbehouden aan de leden. Voorzitter Schlächter kwam – dat was nieuw – naar de vergadering met de *Völkische Beobachter* in de arm. De krant van Hitler, die schreef zoals Schlächter dacht: eenvoudig en recht voor zijn raap. Tijd voor de strijd! Goed tegen kwaad, God tegen kwaal, wij tegen de anderen. Ik leidde de activiteit 'Zang en Hymnen', en al brachten de slagersstemmen klanken voort die recht uit het slachthuis leken te komen, toch hielden ze eraan om elke bijeenkomst met een gelegenheidslied af te sluiten. Dus componeerde ik over thema's zo schoon en verscheiden als 'De Verraders van November', 'Het dictaat van Versailles' en 'De Opstanding van het Duitse Volk'. Eén keer zelfs – het was bedoeld als grap – schreef ik een lied over 'De Schone Grauwe Donau'. Het werd met overtuiging gezongen. Ik dirigeerde zonder verpinken.

Als enige in het gezelschap zonder een speldje op de borst – de politieke excursies waren het voorrecht van de intimi – nam ik deel aan een reis naar München. Een rustig traject door het oosten van Beieren. We hadden twee vlaggen bij, waarvan de eerste – de Messias – in oorsprong voor de meiprocessie genaaid was. (Er was in de vier hoeken een hakenkruis aan toegevoegd.)

'De Messias,' riep Schlächter voor de halve trein, 'we

weten inmiddels op welke Messias ons uitverkoren volk wacht.'

Hij besefte niet half hoe joods zijn uitroep wel was. Op de tweede banier stond, in blauwe letters tegen een witte achtergrond, 'LINZ' geborduurd. Met de hoop op een voorspoedige afloop hadden we de stad van Bruckner verkozen boven ons onbetekenende boerendorp. We geloofden stilletjes dat Hitler een delegatie uit zijn thuisland welkom zou heten in het Bruine Huis.

Tot ergernis van zijn aanhangers – de burgerlijke justitie had het recht weer eens aan zijn laars gelapt – mocht Hitler die dagen het woord niet voeren, niet in het openbaar. Mocht hij niet speechen, zijn aanhangers groeten mocht wel, en daar wachtten ze op, met duizenden, in pak, in uniform, met een vlaggetje in de hand. De menigte rumoerde een hele tijd en werd pas stil wanneer het muizenmannetje het woord nam. Hij zag er niet uit, de veelgeroemde journalist met zijn trenchcoat. Goebbels sprak met ijle stem, maar hij wist als geen ander de juiste woorden te vinden, woorden die het ongeduld naar de meester alleen maar deden toenemen. Uiteindelijk rolde er een onheilspellend geluid over de stad. Gejoel, getier, gejuich. Hij is er! Hij is het! Ginds ... de rode wagen! Aan de horizon kwam de Mercedes aangereden, niet veel groter nog dan een stip. Hij staat recht! Rechtop in zijn automobiel! Het lange wachten maakte het gevoel van verlossing zoveel groter. Hij zou het volk groeten, en om te groeten groette hij! Niet losjes wuivend zoals gewone mensen doen, maar met de arm schuin omhoog, een speer die uit zijn lichaam vertrok. Sommigen aarzelden, anderen beantwoordden zijn groet voluit. Een gebaar, zo werd gezegd, dat overgewaaid was van Benito Mussolini en zijn *fasci italiani*. Een kopie van een Italiaans gebaar om de germano-germanen te begroeten!

Hij kwam dichter. De kepie, het leren vest, de brede bruine gordel... Ik had dat allemaal alleen van horen zeggen. Nog even en dan stond hij voor me. Na al die jaren was ik zo aangedaan dat mijn zicht vertroebelde. Hij was wel en niet veranderd. Hij leek groter, sterker, zeker van zichzelf. Hij had beslist de Grote Adolf in zichzelf al bevrijd! Toen hij tot op een paar meter genaderd was, besefte ik wat er ging gebeuren. Hij zou uit zijn opgeblonken rode wagen stappen en me een ogenblik lang, voor de ogen van de menigte, in zijn armen sluiten. Ik wist niet wat gedaan. Meester, meester... dat was samen met mijn tranen het enige wat in me opkwam. Er gebeurde niets. Hij reed voorbij, zijn blik op oneindig. Hij zag niet alleen mij over het hoofd – ik stond op de eerste rij – maar de hele delegatie uit Linz. Ook al was ik teleurgesteld – zelfs niet even zijn hand kunnen drukken – toch was ik opgewonden als een kind bij de kerst. De SA hadden een indruk nagelaten van geüniformeerde kracht en onverzettelijkheid, de vleesgeworden wilskracht waar Hitler het altijd over had. Bakker, slager en beeldenstormer waren meer dan ooit overtuigd dat er iets groots en onherroepelijks te gebeuren stond. We moesten klaar zijn, erover waken dat Oostenrijk zijn historische kans niet verloren liet gaan.

Had ik de Frauenkirche nog willen zien, de Münchense opera en de elegante schilderijtjes van Mucha, mijn gezellen verkozen de bierkelders. Ik werd voorgesteld aan een man die beweerde 'een intieme vriend' te zijn. Van Adolf Hitler, verschoning, dat spreekt. Kon iemand een 'intieme vriend' zijn als hij de jonge Adi niet had gekend? De dikke man was een succesvol piloot geweest in de oorlogsjaren – hij ook al! – generaal van graad en net als de anderen slager van hart. Hij had geld en was naar eigen zeggen 'in het bezit van een mooie Zweedse vrouw'. En van een buik zo dik als die van Hanna in haar zevende maand. Ik mocht die meneer Goering niet, Adi had beslist het kaf nog niet van het koren weten te scheiden. Intussen vloeide het bier, voorlopig alleen nog het bier, al scherpten de slagers hun tong en hun messen. *Heil*! Zijn slagers altijd bereid om te snijden? *Zum Wohl*! Grote handen met vingers als worsten. *Sieg*! Ze praatten niet maar ze bralden, ze dachten niet maar ze deden. En ze reisden niet per trein zonder zich te amuseren met een grootvader en zijn kleinkind. Ze kwamen niet meer bij van het lachen toen het kleine jongetje zo heel alleen op het perron achterbleef, terwijl ze zijn poepoe stevig vasthielden, ook toen de trein zich al in beweging zette. Toen de wagons enige snelheid hadden gekregen speelden ze van sprinkhaantje. Spring, vadertje, spring. Zag hij er niet Hebreeuws uit, die meneer die daar op de sporen lag met een fijn straaltje bloed om zijn lippen? *Blut und Ehre*! En pech voor hem als hij niet zo joods was als ze wel dachten. Toen we het station van Linz binnenreden waren ze nog niet bijgekomen... 'poepoe! POEPOEEE!'

Ik was bang, ik was beschaamd.

Versammlung! Mijn gezellen kregen er schik in en zouden voortaan elk jaar trouw op post zijn in de romantische stad Nürnberg. In 1928 trokken ze voor de tweede keer naar München. Ik bleef thuis omdat ik walgde van hun gedrag, maar was tegelijk ongeduldig om iets van Hitler te vernemen. Ik twijfelde niet zozeer aan zijn verdiensten, wel aan de mensen waar hij zich mee omringde. Er was niet alleen Hess. Er waren Goebbels en vooral Goering, die op mij een gemene en arrogante indruk had nagelaten. Er moesten nog andere intimi zijn, een chauffeur die niet van zijn zijde week en alles met hem deelde, alles wist. En dan was er nog Röhm, baas tussen de vechtersbazen en een man die rond uitkwam voor zijn voorkeur voor mannen.

Schlächter en co waren op de vuist gegaan met een groepje 'achterlijken, die het nog altijd niet begrepen hadden'. Ze waren bij een bolsjewiek binnengevallen en hadden 'een paar souvenirs' meegenomen: boeken van Freud, Heine, Marx... een kinderpopje en een wandelstok, een zakdoek met bruin gestremd bloed. Ze stalden alles nauwgezet uit op *Stammtisch* nummer vier. *De Beobachter*, de rode vlaggetjes met het hakenkruis en de bruine hemden, voor alle duidelijkheid, die hadden ze gekocht en betaald. Het was allemaal nog groter en beter georganiseerd dan in het verleden. De Führer had de vrijheid van het woord teruggekregen. Hij had een huis gehuurd in de bergen, en kwam alleen nog naar beneden voor de grote momenten.

20.

Ik blijf maar uitstellen, beschrijven, vertellen... tegen dit tempo kom ik nooit aan de essentie toe.

Ik moet sneller gaan, minder slapen.

Niet meer over mijn toekomst piekeren, maar denken aan mijn verleden.

De bruine vlek op de muur negeren, de krampen in mijn darmen bedwingen.

Het eten dat ze me drie keer per dag brengen opeten, ook al is het voedsel van de vijand.

Mijn vrouw en kinderen, mijn rechters en beulen, zal iemand dit ooit lezen?

Zoniet, dan is het allemaal vergeefs, dit schrijven en alles wat ik nog denk en zeg... *umsonst*.

Een predikant die voor zichzelf blijft preken, schepper en geschapene, een godje en zijn enige gelovige.

Een dialoog met mezelf, een verhaal van de Grote over de kleine Gustl of andersom.

Maar hoog tijd dat ik de koe bij de horens vat, me niet langer verlies in dit soort van loze overpeinzingen.

21.

De grote Gustl stak de kop op. Tijdens mijn tochten langs de Donau luisterde ik geamuseerd naar discussies in mijn hoofd, waar de grote Gustl het meestal van de kleine haalde. Het ukje ging zijn tegenstander smalend 'August de Grote' noemen, maar HIJ was het wel die de knoop zou doorhakken, HIJ besliste dat ik contact zou zoeken met Adi. Uiteraard spartelde de kleine Gustl tegen: wie was August Kubizek wel dat hij toenadering zocht tot Adolf Hitler *himself*? Was Adi ook voor Hitler Hitler? Wilde hij nog herinnerd worden aan Adi, vond hij het misschien een kwalijke, haast schandelijke periode uit een ver verleden? De kleine Gustl durfde hem niet zomaar een brief te sturen. Ik probeerde het wel, maar net als in het verleden zat ik al van bij de aanspreking in de knoop.

Mijn Beste Vriend?
Mijnheer de Voorzitter?
Geachte Heer Hitler?

Waarom ik hem wilde terugzien was me niet helemaal duidelijk... wat dreef me, wat dreef August de Grote? Was ik jaloers? Wilde ik tot het intieme kringetje van de macht behoren, net als al die machtsgeile kerels die hij rond zich duldde? Hij had mij toch uitverkoren – lang geleden had hij me toch broer genoemd. (Ging hij mijn huis niet ontwerpen? Hij de architect, ik de componist?

Zouden we geen buren zijn in Linz, de stad die hij tot Stad zou verheffen?) Of was ik gewoon bang, had ik schrik niets te zijn zonder hem? Was hij het spoor – het enige overgebleven spoor – dat mijn leven boven de middelmaat kon uittillen? Of was het me niet om mezelf, maar net om hém te doen? Wilde ik hem redden, hem waarschuwen dat het de verkeerde kant dreigde op te gaan?

Mijnheer Hitler, het is uw oude jeugdvriend Gustl die U schrijft. Luister eens goed, mijnheer Hitler. Ik heb mijn leven weliswaar min of meer verknoeid maar ik kan niet toelaten dat U hetzelfde overkomt. U bent begaafd, niet zozeer voor de muziek of het schilderen, maar voor de politiek. De Politiek! Helaas bent u omringd door mensen zonder manieren en zonder scrupules. Uw moeder zou het niet appreciëren, mocht ze u in het gezelschap...

Er moest beslist een andere manier zijn. Hoewel zijn halfzus Angela me bij de vorige gelegenheid niet al te vriendelijk had ontvangen... zij wist wie ik was. Ik zou haar een eenvoudig bezoek kunnen brengen, vragen om hem de groeten te doen. Het was niet eens ver, ze woonden in de omgeving.

Woondén, want het huis bleek ingenomen door onbekenden.

Of ik dan niet op de hoogte was? Iedereen in de buurt wist toch... meneer Raubal gestorven en mevrouw die met haar dochter Geli buiten was gaan wonen... bij haar broer... meneer Hitler die ik wel kende, de politicus...

Ik kende hem uiteraard, bedankt en excuseer voor het storen.

Angela woonde dus op de Obersalzberg.

Ik trok de bergen in, zogenaamd om te herstellen van mijn slepende bronchitis. Het was geweten dat ik een zwakke gezondheid aan de oorlog had over gehouden. Ik reisde alleen, zonder Schlächter en Schindaas op de hoogte te brengen. De eerste dagen kende ik geen geluk: het weer was onaangenaam en Angela had niet de gewoonte om veel buiten te komen. Tussen de regenbuien door zat ik met mijn veldkijker op een rots. Ik strekte af en toe de benen en daalde niet voor het donker af naar de herberg. Ik genoot van het uitzicht, maar hield toch vooral het berghuis in de gaten. Wat een verschil ook met de achterkamer die we in Wenen hadden gedeeld! De derde dag verscheen er een man op het balkon. Hoewel ik hem niet scherp in beeld kreeg leek hij het, tevreden te zijn waar hij was. Ik durfde niet naar hem toe te gaan – wellicht was er discrete bewaking? – hem daar te weten volstond.

Angela kwam ook de laatste dag van mijn verblijf in de bergen niet naar buiten. Wel zag ik een meisje dat haar trekken vertoonde. Alleen had ze dat zware niet dat Angela sinds haar jeugd in zich droeg. Dit moest dus Geli zijn.

'Geli, Geli Raubal?'

Ze keek verschrikt naar de man die naar haar toe kwam gerend, gestruikeld, met zijn hoed in de hand.

'Hhhh... u zal het ongetwijfeld vreemd vinden dat... hhhh... een vreemde u aanspreekt tussen de Alpenweiden.'

Zij was het onmiskenbaar, Geli, en ze aarzelde tussen blijven staan of het op een lopen zetten.

'Wacht... ik ben het, Gustl... een vriend van de familie, mama Angela, oom Alf, hhhh.... ik ken ze allemaal!'

Ze aarzelde nog altijd.

'Ik ken hem al van toen hij nog zo klein was,' terwijl ik met mijn hand tot aan mijn middel reikte.

'Zo klein?' Haar gezicht klaarde op.

We wandelden weg van het huis, dwaalden van het pad af en konden het verbazingwekkend snel met elkaar vinden. Ik vertelde haar van zijn jongensjaren. Zij had het over de verhuizing, en de affectie die oom Alf voor haar had opgevat. Ze ging een bezoek voorstellen; ik was haar voor. Mijn voorwendsel was goed voorbereid, al was het dan voor haar moeder bedoeld geweest.

'Luister Geli... ik mag toch Geli zeggen? Ik wil je een geheim vertellen, ik ben er zeker van dat je dat voor jezelf kan houden.'

Ik nam haar handen in de mijne, een paar seconden maar.

'Je kan toch wel een geheim bewaren?'

Ze haalde haar schouders op maar haar ogen fonkelden.

'We kennen elkaar niet. Wat voor geheim is het dat je wil vertellen aan het eerste onbezonnen schepsel dat je tegenkomt?'

Ze zag er vrolijk en onschuldig uit, en als ze lachte, hield ze haar hand voor haar mond.

'Geli! Hoe kan het nichtje van mijn vriend een onbekende zijn? Luister! Ik ga een boek schrijven... een boek over Alf. Maar hij mag er niks van weten... over onze jeugd... ik zorg er wel voor dat hij er op zijn best uitkomt, dat het volk hem nog meer... maar ik zou graag meer te weten komen over zijn leven nu. Daarom heb ik aan jou gedacht, als jij eens...'

Ze keek gespeeld verontwaardigd.

'Ik ben geen verraadster!'

'Het enige wat ik wil, Geli, is je af en toe eens te kunnen spreken, om wat dingen te verifiëren. De waarheid heeft haar rechten, je zal zien, hij vindt het zelf vast leuk.'

Gewonnen spel!

Ze wilde nog weten of onze ontmoeting dan niet zo helemaal toevallig was als ik had laten uitschijnen.

Ik gaf het ootmoedig toe.

Zij stemde met mijn voorstel in, beloofde om niets te vertellen.

Aan niemand!

Mijn reis naar de Obersalzberg was niet voor niets geweest. Ik was erin geslaagd een vorm van contact met hem te herstellen, een eenzijdig contact, maar was het ooit anders geweest? Het volstond voorlopig. Een tijdlang ondernam ik geen nieuwe pogingen om hem of zijn familie te zien. Ik was zoals de minnaar die de pas vertraagt omdat hij er zeker van is dat zijn geliefde op hem wacht. Ik dacht, geloofde, wist na een tijdje dat ik hem zou terugzien. Een paar maanden na mijn uitstap verhuisden ze naar München, A met zijn halfzus Angela en haar dochter Geli. Ik begon herinneringen op te schrijven, anekdotes van onze jongensjaren. Ik zou niet bij Geli langs kunnen gaan zonder de eerste schetsen te tonen van wat het boek *Mijn jeugdvriend Hitler* moest worden.

22.

1929? 1930? Met de crisis op de achtergrond maakte ik een tweede reis naar München, met Schlächter en Schindaas. Ik raakte mijn reisgenoten al snel kwijt, wat de bedoeling was en overigens niet al te moeilijk in de menigte. Terwijl Hitler de politieke bijeenkomst leidde, zou Geli alleen thuis zijn. Ik spoedde me naar de Prinzregentenplatz, maar het statige gebouw daar maakte zoveel indruk op de kleine Gustl dat hij nauwelijks nog durfde te bewegen. Ik hield me onopvallend schuil op de straathoek en naderde de deur voetje voor voetje. Daar aangekomen had ik de moed niet om ook nog eens aan de bel te trekken... ik was geïrriteerd door mijn eigen lafheid. Deze keer was er niet zoveel tijd als op de Oberszalzberg. Ik had de krant gelezen en wist dat Hitler de volgende dag naar Berlijn zou vertrekken.

Ik belde aan, Geli stuurde een norse man weg, toverde een glimlach op haar gezicht en vroeg me boven, in het chique appartement op de tweede verdieping. Ik weigerde beleefd, sprak liever af in de buitenwijken van Bogenhausen, waar niemand kwam die er niet per se moest zijn. Daar toonde ik haar snelle schetsen van teksten, en de tekeningen die ik van zijn Weense periode had bewaard. Ik raakte stilaan verstrikt in mijn eigen voorwendsels, het idee om over zijn leven te publiceren klonk me van langsom minder absurd in de oren. Uiteraard wist ik toen niet in welke omstandigheden dit verhaal zou worden geschreven. (Ik had eerlijk gezegd andere lezers voor ogen dan de rechters en beulen die mijn aantekeningen in handen zullen krijgen.) Geli wilde alles weten, vooral over de vrouwen van Adolf. Vrouwen? Welke vrouwen? Of hij veel vriendinnen had gehad, destijds in Wenen? Ze drong aan. Of hij naar de meisjes ging dan... of hij betaalde voor de liefde, bedoelde ze? Ik antwoordde naar waarheid, vertelde van Stefanie en van het briefje van mevrouw dat hij me met zoveel minachting had overhandigd. Ze was duidelijk niet tevreden, alsof ze meer wist, iets waar ik alleen maar ja of nee op hoefde te zeggen. Ze veranderde van kleur en van toon. Of er ooit misschien... aanrakingen waren geweest... tussen ons, bedoelde ze? Adi en Gustl, dat klonk toch... Ik herhaalde zakelijk dat de Adi die ik had gekend niet bezig was met lijf en lief, dat zijn hele leven om de kunst draaide. 'Adi, dat was tekenen, bouwkunst en muziek, andere passies had hij niet.' En was het mijn beurt niet om vragen te stellen?

Pas nadat ik stellig had beloofd dat we het er later over zouden hebben, stemde ze toe. Natuurlijk wilde ze zelf vertellen. Maar vragen stellen hoefde niet. Ze taterde ononderbroken over hun eerste ontmoetingen, hoe lang de familie zonder nieuws was geweest. Dat papa nooit iets goeds had weten te vertellen over oom A, dat hij hem een nietsnut vond. Dat hij – papa dus – zijn best had gedaan om hem aan een baantje te helpen, maar dat hij

– oom A – had geweigerd. Oom A wilde alleen maar geld. Hoe boos papa toen geworden was, terwijl nu bleek dat oom A het toch bij het rechte eind had gehad. Het duurde zijn tijd voor Geli eindelijk toekwam aan wat mij bezighield, aan het verblijf op de berg, aan München. Ze was er met de klas op uitstap geweest, en had toen al beslist dat ze zou gaan studeren, een kamer in de stad zou nemen. De stad had, nu ja, indruk gemaakt. Ze lachte ondeugend en hield net als in de bergen haar hand voor haar mond. En wat oom A betreft, ach, hoe moest je zoiets zeggen? Zolang hij elders verbleef, kon ze doen wat ze wilde. Uitgaan ja, bijvoorbeeld. Maar was hij in de stad, dan durfde ze zich niet in gezelschap te vertonen, hij was nogal... jaloers, exclusief van aard. Heel jaloers eigenlijk. Maar ze vond hem in het begin erg aardig en nu nog nam hij haar geregeld mee naar theater of opera. Maar dat was niet het enige probleem, oom A deed niet alleen moeilijk wat haar betrof, niet alleen over de buitenwereld. Het was vooral pijnlijk geworden met die hele affaire met Emil, met zijn chauffeur, Emil Maurice. De ruzies, de verliefdheid... op een bepaald ogenblik wist ze echt niet meer wie er op wie verliefd was. Ze sprong recht, als door een bij gestoken. Ze had al veel te veel verteld!

Een jaar later zag ik haar voor het laatst. We hadden een afspraak aan de oevers van de Speichersee. Ze had de hele dag vrijgehouden, wat meer was dan ik had gevraagd.

'Maar niet 's avonds, lieveheer, als hij dat te weten kwam!'

Ze hield haar hoofd schuin en kneep ondeugend haar ogen dicht. Als Adi ooit op een meisje verliefd kon worden, dan was zij het wel!

'Dus je durft zomaar je oom te verraden, je oom die zoveel van je houdt?'

Mijn toon moest streng klinken. We keken naar de roeibootjes, ze wilde ook een tochtje maken. Op een paar lengtes van de oever zat ik al onder het zweet.

'Het is niet leuk meer,' zei ze met een zeker dedain. 'Ik krijg nooit eens mijn pleziertje... nooit eens mijn zin. Weet je dat ik zelfs nooit alleen met hem mocht zijn?'

'Met Oom Alf?'

Ze keek me aan, schudde haar hoofd, en verklaarde zich niet verder. Iets moest de conversatie aan de gang houden. Nu niet, nog niet, over Emil Maurice beginnen... Wat was er meer geschikt dan muziek om de sfeer erin te houden? Gelukkig speelde ze zelf een beetje. We probeerden Mahler, maar zingen was haar ding niet. Ze zong vals en ik raakte buiten adem. We lieten het schuitje net zo lang op de golven drijven tot ze een onbedwingbare zin kreeg in tosti en ik weer aan de riemen moest.

'Sneller Gustl, sneller! Als je niet beter doet, krijg je van de zweep!' Ik bedacht dat ik haar wel mocht.

'Hij heeft altijd een zweep bij zich,' zei ze, afwezig plots. 'Niet dat ze ergens toe dient.'

Ze liet water als zand door haar vingers glijden. Het bootje deinde, ik stopte met roeien.

'...een rijzweep. Maar heeft hij een paard? 't Is zo'n beetje zoals met mij, mij heeft hij ook, hij toont mij aan de wereld, maar verder doet hij niets. Niets anders dan jaloers over me waken.'

Soms, zei ze, was ze hem gewoon te slim af. Maar dat mocht niet. Ze mocht dan al rad van tong zijn, had hij haar gezegd, ze werd geacht te doen alsof ze dom was, net iets dommer dan hij. Niemand mocht hem tegenspreken. Wanneer ze dan toch eens de moed vond om hem een voorstel te doen – samen op reis naar Wenen – dan kreeg hij van die woedeaanvallen. Op een dag was ze onder bed gekropen, omdat ze dacht dat hij haar zou vermoorden, zo uitzinnig was hij van witte woede. Als hij zo schreeuwde, dan ging zij wenen, maar de tranen van een vrouw leken hem niet te vertederen, wel integendeel.

'Nee is nee, Geli. Je hebt mijn laatste woord. En huil tot morgenvroeg als je dat wil.'

Zijn afwezigheden, zijn reizen naar Bayreuth, Berlijn, Nürnberg... ze had het hem eerst kwalijk genomen maar nu was ze alleen maar blij dat hij vaak weg was, dat hij een keertje geen beslag op haar legde.

Ze was al lang niet meer het vrolijke meisje dat in het bootje was gestapt en hier en nu tosti wilde.

'Je moet me echt van vroeger vertellen.'

Ze zei het op de toon van 'er is regen op komst'. Maar nog voor ik eraan kon beginnen – zou ik haar de waarheid vertellen? – was ze zelf alweer aan het woord.

'Ik was verliefd op Emil, daarom heeft hij hem aan de deur gezet. Emil Maurice, dat was verdomme zijn beste vriend! Zijn chauffeur, medestander van het eerste uur,

SS nummer twee en – geloof me! – veel meer dan dat. Oom A kon het niet hebben dat ik de aandacht van Emil had getrokken.'

Ze schudde haar hoofd alsof ze het nog niet kon geloven.

'Het was hem meer om hem te doen dan om mij. O, natuurlijk, iedereen dacht dat hij boos was omdat IK hem dreigde te ontsnappen... Omdat ik eraan dacht met Emil te trouwen. En misschien was dat ook wel zo. Ook al ben ik van geen tel, ik moet er wel zijn voor het decor, om oompje A in de opera te begeleiden, en dan nog loop ik hem voor de voeten. Wist je – ze veranderde plots van onderwerp – dat Emil Maurice een halve jood is? Dat heeft hij me zelf verteld. Maar oom A lijkt zich daar niet druk om te maken. Misschien weet hij het niet, en als hij het wel weet... Enfin, ik ga het hem niet vertellen.'

'Dat is sterk, joden zijn toch...'

'Mauritzl! Mauritzl!' gilde ze plots, op een nuffig toontje. Dan, ernstiger: 'Hij heeft Emil de laan uitgestuurd omdat die het had aangedurfd om niet naar hem te kijken maar naar een vrouw. Naar zijn vrouw dan nog wel, enfin, wat daar voor doorgaat. En dat mocht niet natuurlijk, want hij wilde maar al te graag... de buitenwereld moest geloven dat er iets was tussen ons, tussen hem en mij, dat oom A en zijn nichtje Geli 's avonds gezellig wat te ritselen hadden. Daar wordt over geroddeld, August. De hele stad weet het en hij doet niets om die roddels de kop in te drukken. Maar je moest eens weten! Ik kan u verzekeren, Gustl... Jij lijkt met trouwens ook niet het type man dat me een spannende namiddag gaat bezorgen, niet?'

Ik protesteerde, we beleefden toch een leuke dag?

'Dat bedoel ik niet' – hopeloos wegwerpgebaar – 'ik bedoel verdomme dat ge geen echte vent zijt! Een echte vent kijkt anders naar mij, Gustl, een echte vent...'

Ik protesteerde opnieuw. 'Ik ben getrouwd, Geli, getrouwd met kinderen.'

Ze lachte schamper.

'Je gaat me nu vertellen dat jullie vroeger nooit in mekaars broek hebben gezeten? Je gaat me wijsmaken dat jullie in dat kamertje in Wenen alleen maar aan muziek dachten... denk je dat ik blind ben? Dat ik niet zie hoe hij en Emil... strafwetboek, paragraaf 175... ach, laat ook maar, je hoeft niets meer te vertellen. Lafaard! Je bent al net zo erg als al die andere mannen! Lafaard! Lafaard!'

De gasten op het terras draaiden geamuseerd hun hoofd in onze richting, ik liep rood aan. Zij ging aan een volgend tafeltje zitten mokken. Ik keek aandachtig naar de bootjes op het meer. Ze was dapper, want ongetwijfeld waren er mensen in het gezelschap die haar herkenden, die wisten dat zij de nicht... Ze kwam terug, uiterlijk kalm. Ze raakte de tosti niet meer aan, stopte zich vol met chocolaatjes en kon het niet hebben dat ik daar een opmerking over maakte. Was het mijn fout? Ik liet haar achter met spijt en een vaag gevoel van onmacht. Ze vertelde nog over haar vader. 'Politiek is bedoeld voor mannen die nergens anders voor deugen,' beweerde die altijd. 'Alleen heeft hij er niet aan toe gevoegd dat mannen nergens voor deugen.'

Geen jaar later joeg ze een kogel door haar hart in het statige herenhuis aan de Prinzregentenplatz. Ik dacht dat er een schandaal zou uitbreken, dat Hitler een punt zou zetten achter zijn carrière, zou sterven van verdriet. Er gebeurde niets. Hitler, zo bleek uit persartikels, was 'diep geraakt door de zelfmoord van zijn nichtje Geli en stond dicht bij de afgrond'. Punt uit. Het verhinderde hem niet om zijn carrière voort te zetten. Ik schreef hem een condoléancebrief, maar verscheurde hem nog dezelfde dag. Na mijn ontmoeting met Geli, na haar zelfmoord – was het zelfmoord? – leken de oude wonden weer open te gaan. Ik voelde meer haat dan medeleven voor Adolf Hitler, die zijn naasten nog altijd gebruikte zoals hij mij destijds had gebruikt.

Enige tijd later deed hij een gooi naar het presidentschap, maar hij moest het afleggen tegen de oude Hindenburg. Het geweld in de Duitse steden nam toe. Bendes regeerden de straat, de burgers riepen van Orde, Autoriteit en Gehoorzaamheid. Stokebrand en Pyromaan speelden voor pompier, Stroper voor boswachter. Bij ons bereikte de strijd tussen roden en katholieken een laatste hoogtepunt. Zelf was ik rood noch ultramontaan, ik wist toen nog niet dat nergens in geloven de meest gevaarlijke van alle geloofsovertuigingen is.

23.

Ergens sterft er een ram.

De Grote Nufensteiner drukt het heft in de hals, draait het lemmet en haalt het dwars uit het ramsvlees.

De dieren worden één voor één geofferd.

Het theater blijkt een slachthuis te zijn, waar tandeloze toeschouwers zich komen vergapen aan de dood.

Het vloeien van het bloed volstaat niet, de offerpriester heeft zijn trots.

De fonteindieren storten zich doodmoe in het water.

Ze klampen zich vast aan de hemel maar verdrinken, met hun zielige sjaal van bloed.

Laat er iemand zich in met verdronken rammen? Iemand?

Er staan sterren aan de hemel en ik heb, vrees ik, gedronken.

Op de gezondheid van Hitler-de-Schone en van zijn vriend boerenbedrog.

De kadavers gaan gulzig zwellen, necrofiele beestjes doen zich tegoed aan de karkassen en ontdoen de botten van hun laatste rottende resten.

Hij staat op een brug en lacht... de Grote Nufensteiner, chevalier Von Liebenfells.

Ik bid dat hij zich op zijn beurt in het water gooit, zich stort op het mes, zijn vlees splijt aan de doornen. Maar tussen rituele eiken rijst het altaar.

Een offer! De angst van de toeschouwers kan alleen met bloed bekoeld.

O-FFER! O-FFER! O-FFER!

De Nufensteiner draagt een rouwkleed en vilt, pijnlijk en nauwkeurig, het onreine dier.

Dood en verderf op het Arische Altaar.

Het magnum opus van A.

Rood fluweel bedekt de slotscène met schaamte.

Nog staan er sterren aan de hemel.

Terwijl beneden het bedorven schuim van de Donau kolkt, klept ver weg het Eferdinger klokje, nietsvermoedend.

Er vielen natuurlijk een paar kinderen op te voeden, een vrouw lief te hebben en een gemeente te beredderen. Was het daarom dat mijn nachtelijke uitstappen op zo weinig begrip konden rekenen? Herr Doktor kwam op bezoek en stelde vragen over mijn gezondheidstoestand, mijn religieuze en seksuele praktijk. Of ik last had van constipatie, mijn echtelijke plichten als naar gewoonte vervulde, bier gebruikte of alcoholische dranken? (Echtelijke plichten? OF alcoholische dranken?) Ik knikte van ja en van nee, alsof ik niet begreep waar die aandrang van belangstelling vandaankwam.

Mijn arme Hanna ging meer naar de kerk dan anders.

De burgemeester vroeg me om minder te werken.

De pastoor – hij zat nog het dichtst bij de waarheid – dacht aan Hitler of Satan en stelde de biecht voor. Maar wat had ik op te biechten? Moest ik penitentie doen omdat ik mijn liefde had verklaard aan een holle uil? Ik had rammen zien offeren op het altaar van de Arische zuiverheid... zou de pastoor me de absolutie geven voor zo'n pekelzonde? Ik probeerde me normaler te gedragen dan normaal, maar het dorp sprak nog slechts op fluistertoon over mij. Alleen Schlächter en Schindaas knepen de ogen stijfdeftig dicht.

Vormden mijn nachtelijke omzwervingen niet het bewijs van mijn ommekeer?

Werd Hitler zelf geen eenzame wolf genoemd?

Was dat zijn bijnaam niet, Wolf?

24.

Het duurde tot de winter van 1933 vóór ik de moed vond om hem een brief te schrijven. De aanleiding diende zich vanzelf aan. Hoewel hij verschillende keren was weggestemd bij de verkiezingen was hij toch, na onwaarschijnlijk politiek vertoon, tot kanselier benoemd. Ik zou hem een felicitatiebrief schrijven. Op een avond, lang geleden in Linz, had hij gezworen dat hij een volkstribuun zou zijn zoals Rienzi. Durfde ik hem daaraan te herinneren?

Ik zette me aan het schrijven. Nu hij de hoogste trede had bereikt, was mijn probleem met de aanspreking verdwenen.

Aan 'de Heer Rijkskanselier Adolf Hitler'.

Niet langer in München maar te Berlijn!

Ik feliciteerde hem, vertelde over de grote lijnen van mijn kleine leven en eindigde 'met de beleefde groeten van August Kubizek'. Omdat Gustl zo ongepast familiaar klonk. Een antwoord verwachtte ik niet, een kanselier had wel wat anders te doen dan eenieder die hem schreef een bedankbriefje te sturen. Duizenden stuurden hem natuurlijk gelukwensen. Om mijn kansen te verhogen had ik er bovenaan de enveloppe toch maar 'persoonlijk' aan toegevoegd.

Een paar maanden later kwam het onverwachte antwoord.

Niet uit Berlijn maar uit het Bruine Huis, München.

Mijn Beste Kubizek,

(Hij bleef me 'mijn beste' noemen... ik kon me dus met recht en rede als een vriend van de Rijkskanselier beschouwen. Waarom hield de brief daar niet op?

Mijn beste Kubizek,

Bedankt!

Getekend, Adi.

Ik durfde haast niet verder te lezen.)

Vandaag pas bereikt me je brief van de tweede februari. Weet dat, sinds de gebeurtenissen van januari, ik honderdduizenden brieven toegestuurd krijg... vandaar. Nog een geluk dat jouw brief nog tot bij mij geraakt! Het verheugt me om na al die jaren iets van je te horen, je adres te kennen. Misschien dat ik later, wanneer het ergste achter de rug zal zijn, de tijd zal hebben om je opnieuw te ontmoeten. Ik kijk er naar uit om herinneringen op te halen aan de jaren die we samen hebben doorgemaakt, en die ik zonder enige overdrijving de gelukkigste van mijn leven mag noemen. Of wie weet vind jij binnenkort de tijd om me een bezoek te brengen?

In volle vriendschap, je
Adolf Hitler

Gek van glorie trok ik met mijn buit naar de slaapkamer en kwam geen twee minuten later vierklauwens de trap weer afgerend.

'Hij wil me zien, hij wil me zien... het is niet waar! Echt... hij is mijn vriend!'

De oudste vroeg wie me dan wilde zien.

'Een oude vriend van papa die gek geworden is,' antwoordde mijn vrouw.

De jongste wilde weten waarom papa blij was als een gek hem wilde zien.

'Omdat papa zelf een beetje gek geworden is.'

De jongens giechelden. Mijn vrouw wilde er verder niets van weten en weigerde een blik te werpen op een brief die toch van de kanselier in persoon kwam.

Ik stak het document in de bruine enveloppe en borg ze zorgvuldig weg. Op zolder, bij zijn tekeningen en mijn aantekeningen. Ik schreef er een dikke letter A op. Hij noemde onze jaren in Wenen de gelukkigste van zijn leven. *Mein Kampf* was leugen, zijn brief was waarheid!

25.

De Oostenrijkers waren ongerust als naar gewoonte. De ouderen herinnerden zich de jaren van voor de oorlog en maakten hun beklag zoals ouderen plegen te doen. De jongeren hingen doelloos rond zoals jongeren doen. De honger dwaalde door de steden, vaders gingen uit stelen, moeders gaven toegang tot hun lichaam in ruil voor een aalmoes. De kritiek op de republiek nam toe.

'Laat ons God danken voor het weinige wat we hebben,' predikten de katholieken.

'Het weinige wat we hebben is van iedereen,' riepen de roden.

'Van ons en van ons alleen,' beweerden de nationalisten.

De roden decreteerden dat het van het collectief zou komen, de katholieken baden van ieder voor zich en God voor ons allen en de nationalisten geloofden vreemd genoeg dat de oplossing van over de grens zou komen. Had Hitler zelf niet gezegd 'dat de Oostenrijkers op een dag bij ons zullen zijn?'

De boeren verdiepten met elke spadesteek het besef dat hun lapje grond hen honderd keer meer waard was dan het onbeduidende vaderland. Schlächter en Schindaas wisten de ommekeer nabij. Elk van honger omgekomen kind stond voor duizend nieuwe nazi's.

In Wenen had een katholiek de macht gegrepen, een zekere Dolfuss, een man over wie niemand wat wist, niet meer dan 'dat hij nog minister was geweest'. Dat de nieuwe kanselier met één pennentrek het jonge parlementaire regime had afgeschaft, dat was niet eens zo erg. Het boerenland geloofde toch al niet in al dat parlementeren. Dat was weer zoiets dat van verre buitenlanden kwam of erger nog: van Wenen! De Oostenrijker was het gewend geraakt om te gehoorzamen en waar het kon te commanderen, wat op hetzelfde neerkwam: in de pas lopen hoort bij bevelen zoals zaaien bij oogsten hoort. Maar toen de jonge kanselier alle partijen had verboden 'die zich inspireerden op de ideeën van Hitler en de NSDAP', waren de ogen open gegaan. Terwijl de man in Duitsland net in ere was hersteld... De Oostenrijkse ziekte! 'Want, ach, komen wij Oostenrijkers niet altijd een oorlog te laat?'

Pastoor Hirte leek in de wolken. In zijn hoogmishomilie trok hij van leer tegen 'diegenen die de goddelijke wet overtreden hadden en het kruis van Onze-Lieve-Heer misbruikten voor een zaak van de duivel'. De kerk luisterde zonder kuchen. Verdwaalde schapen keerden naar de stal terug, Christus' barmhartige kerk ontving zelfs de meest schurftige dieren in haar schoot. Sommigen verwarden een vriendschap uit hun jeugd met de christelijke naastenliefde, doch de vergeving van ons' Heer enzovoorts... De herder verwachtte een goed gevulde biechtstoel. Moest het nog gezegd dat de communie alleen bestemd was voor de mensen van goede wil? Mijn vrouw stak als eerste haar tong uit. Ik ging niet, Schlächter wel. Samen met

Schindaas, burggraaf en bosbouwer nam hij het lichaam van Christus in ontvangst; daagde God en zijn pastoor uit voor de ogen van de parochie. Waarna hij met opgeheven hoofd de kerk verliet. Hanna, verheugd over mijn biecht en berouw, beweerde dat ze het hele gezelschap aan tafel nummer vier had zien zitten. Zonder hakenkruis deze keer, het hakenkruis hadden ze van de tafel weggehaald... De wet was de wet!

Kanselier Dolfuss zou de wet niet lang meer dicteren, want Schlächter had 'orders uit München' gekregen. Of hij met München Hitler zelf bedoelde of een ijverige medewerker vertelde hij er niet bij. Schlächter was in elk geval een van de messenslijpers – ze waren met honderd vijftig – die enige tijd later binnendrong in de kanselarij. Het glas was er van Venetië, de stoffen kwamen uit Praag en de muurtegels hadden een moskee in Sarajevo gesierd. Schlächter vond het allemaal niet Oostenrijks genoeg. Had het muizenmannetje in trenchcoat niet gezegd dat het woord cultuur hem zin gaf om de hersenpan in te slaan van degene die het durfde uit te spreken? Het commando haalde de revolvers boven, maar zelfs een stervende kanselier Dolfuss had geweigerd om zijn aftreden te ondertekenen. Hanna weende om de dood van haar katholieke kanselier. Ik sloot me in gedachten aan bij de rouwenden, ook al was de aflijvige me niet echt sympathiek.

26.

Een paar dagen al probeer ik mijn aandacht bij dit verhaal te houden. Al die tijd heb ik verzwegen hoezeer de angst me naar de keel grijpt. (Ik die dacht net naar het einde te verlangen!) De angst heeft zich geduldig tussen de witte muren genesteld, heeft mijn ingewanden in beslag genomen en intussen ook mijn kop. Ik herken hem niet, het is de angst niet van de Karpaten. Het is geen schrik voor buiten, hij komt van binnen. Een constante argwaan voor wat komen gaat regeert mijn hoofd. De sterkste zielen ontsnappen er naar verluidt niet aan.

God, mijn godje, waarom hebt ge mij verlaten?

Eerder al had ik het over mijn proces. Zal er überhaupt een proces plaatsvinden? Alles wat ik weet is dat ze me niet meteen hebben laten verdwijnen. Ze hebben me niet gefolterd, nog niet, al is dit wachten een vorm van morele kwelling. Ik ben bang van foltering, mijn arme lijf is al zo broos.

Vinger ontwricht, trommelvlies doorboord. Pezen afgerukt en bij mijn enkels opgehangen aan het plafond probeer ik te roepen, maar er komt niet meer uit mijn strot dan een vaag gereutel. Ik heb geen tong meer, dat stel ik nu pas vast. Waar is mijn tong, verdomme? Ik probeer ze te vangen, maar ze ontsnapt me telkens weer. Nooit zal mijn tong nog de mijne zijn. Iemand stelt me een andere voor, een dik en lelijk exemplaar... ik wil ze niet, ik moet braken alleen al bij het zien van die dikke paarse tong die de mijne niet is. Of ik mijn eigen tong al eens bekeken heb? A stelt me vriendelijk zijn orgaan ter beschikking: een handige, snelle, gespleten tong. Ik doe alsof ik haar accepteer, maar als ik ze beet heb, smijt ik haar weg, zo ver mogelijk. Ze komt vanzelf weer terug.

Wat zou er buiten gebeuren? Is er straatprotest? Revolutie? Waarschijnlijk gebeurt er helemaal niets, gaat het leven zijn gewone gang. Het is onwezenlijk stil tussen deze ommuurde muren, en ik weet niet waar ik ben. Ze hebben mijn blinddoek pas hier afgedaan, in de cel. Het laatste wat ik van de buitenwereld heb gezien is een lange man die naar me toe stapte. Ik had naar de lucht moeten kijken, niet naar de man, het was de laatste keer dat ik de hemel te zien kreeg. Ik had de geur van het gras moeten opsnuiven. Naar de vogels luisteren, naar de vrouw in de verte die een droevig lied zong. Maar ik zag alleen de lange man en hoorde hoe hij 'omdraaien!' zei. Dat was in Bayreuth. Hij deed me de blinddoek om en duwde me in een wagen, onnodig hard. Er kwam iemand naast me zitten, niet de lange man maar een zwijgzame kerel die zwaar ademde en zich een paar dagen niet gewassen had. Hij bleef aan mijn zij, de hele rit. Halverwege stopte de auto, iemand vooraan stapte uit en plaste. Ik voelde een aandrang. Hij boerde nadrukkelijk en vroeg uiteindelijk: 'Jij ook?' Ik antwoordde van ja, al wist ik niet met zekerheid of zijn vraag voor mij bedoeld was. Een behaarde hand hielp me mijn gulp open te knopen. Het is niet eenvoudig om te pissen met handboeien aan, terwijl er een wachter op je machteloze piemel past. Ik vond het vroeger al moeilijk, wanneer er hanige klasgenoten achter me stonden te drummen... 'je lul nog niet wakker, lul?' (Ik deed alsof en ging na beltijd tegen de schoolpoort.) De wachter snoof luidruchtig. Ik verwachtte een opmerking – 'slaapt ie nog, schat?' – maar er kwam niets, ook niet toen het warme vocht eindelijk als een verlossing naar buiten stroomde. Eerst met kleine branderige stoten, daarna gul, wellustig haast. Ik dacht eraan zelf ook te ontsnappen, maar de ongewassen kerel porde een pistool in mijn ribben en zei dat we weer naar de wagen gingen.

Ik verlies me alweer in details... waarom, dat is de vraag, waarom weet ik na al die tijd nog altijd nergens van? Hoeveel dagen zit ik hier al in de cel? Negen, als ik de tel niet ben kwijtgeraakt. In dit hol zonder vensters is het nooit dag en nooit nacht. Aan het plafond brandt een onafgebroken peertje. Zolang ik niet doodmoe word, weiger ik te slapen. Tot nu toe heb ik acht keer geslapen, dit moet dus de negende dag van mijn gevangenschap zijn.

Drie keer per dag krijg ik te eten en als ik erom vraag, extra vellen papier. Waarom?

Het is het enige stomme woord dat hij zegt, mijn bewaker.

'Papier?'

'Ja zeker, meneer... dank u, meneer.'

Ik heb de dikke om nog andere dingen gevraagd.

Een horloge, eerst en vooral.

Een krant.

Een cel met venster, om de hemel te kunnen zien.

Eerst dacht ik dat hij me niet begreep. Ik vroeg hem of hij een brief wilde posten, voor mijn vrouw, voor mijn kinderen. Voor mijn vrouw! EEN BRIEF VOOR MIJN KINDEREN! VOOR VROUW EN KINDEREN! Net zo lang tot hij zijn hand opstak. Hij had me begrepen en ik begrijp hem intussen ook.

Papier, iets anders is me niet vergund.

Er zijn er eigenlijk twee, twee wachters. Ze lossen elkaar af. Ik neem aan dat het gezworenen zijn, dat ze me alleen in contact brengen met bewakers die ze voor de volle honderd procent vertrouwen. Tenzij natuurlijk...

Als er een God bestaat, dat het dat niet is, dat dit geen gevangenis is van de Gestapo. Onlangs, tijdens ons uitstapje in Linz, heeft A me van hun methodes verteld... Om me te verwittigen? Dat ze mijn huid niet schroeien, dat ze me mijn ogen laten en mijn slaap. De bewakers dragen grijze uniformen, zonder aanduiding van rang of stand. Ik neem aan dat ze een graad hebben, dat ze een belangrijke gevangene zoals ik niet overlaten aan simpele soldaten. Ze zijn een jaar of veertig, allebei. De zwaarste kijkt me aan met ogen zonder glimlach, spot of spijt. De tweede mijdt mijn blik, maar ik weet dat hij naar me kijkt. Zijn ogen lachen in mijn rug en is de deur dicht dan gluurt hij vast door het spionnetje. Dubbele eenzaamheid: alleen zijn terwijl je je bekeken weet. Daarom ga ik naast de deur zitten, zo kost het hem moeite om me te zien. Een trouwe bajesklant heeft me ooit verteld dat hij zijn verlofdagen opgesloten doorbracht in een hotelkamer. Om eindelijk alleen te zijn, in zelfgekozen eenzaamheid.

27.

Na de moord op kanselier Dolfuss dreigde de oude orde pas goed uiteen te vallen. Een oude kruik die droog staat gaat barsten. Het Oostenrijkse volk, eeuwenlang door de knieën gegaan voor Kerk en Keizer, was plots alleen. De Wieners keken om zich heen en zagen... niets. Geen orde meer, niet eens chaos, alleen maar leegte. Niets wat een fatsoenlijke katholiek meer vreest dan leegte. Was de macht dan niet gebaseerd op de natuurlijke orde – van God over Paus naar Keizer? Was na het paleis ook de hemel leeg? Wat moest het volk nu er geen levende ziel meer in het paleis was, keizer noch kanselier? Was het Weense volk dan wees? Was er echt niemand meer om op het volk te passen? Konden die nazi's... de nationaal-socialisten die naar verluidt de kanselier hadden vermoord – maar was dat wel zo, kon iemand dat bewijzen? – konden zij misschien de orde herstellen? Een nieuwe orde in het leven roepen? Waren die nazi's misschien wel het volk? Kwamen ze niet van het volk, was hun ziel niet aan volk en vaderland verknocht?

De terreur leek sneller dan verwacht zijn doel te bereiken. Het verbaasde de terroristen zelf allicht nog het meest. Maar net wanneer de macht hen in de schoot ging vallen, bleek er ergens nog een man te zijn die zich zijn eigen bestaan herinnerde. De president die iedereen al lang vergeten was, greep in en stelde autoritair een nieuwe kanselier aan. S&S kregen het land niet in hun greep – nog niet. Maar in Eferding zagen ze hun kans schoon. Pastoor Hirte was de eerste die spijt kreeg van zoveel voorbije voortvarendheid. Hoewel hij niet meer van de jongste was, waren zijn ogen en oren goed gewassen. Meneer pastoor onderhield zijn contacten met de kardinaal, en die wist van waar de storm het land zou binnenrollen. Hirte hing zijn huik alvast naar de eerste bries. Als een paar rooie oproerkraaiers bij wijze van afkoeling in de Donau waren gegooid en als een van die kerels verdronken was, dan was dat oprecht jammer. Maar in zijn homilie maakte de priester geen allusie op het incident.

'Gustl, Gustl! Het was hoe dan ook geen jong'n van bij ons!'

Schlächter organiseerde een feest. Met fijn gebak, Duitse bieren en *Schweinebraten*, als jodenval. Grote handen sloegen me als vanouds op de schouders, weldra zou een vriend de touwtjes in handen nemen.

'Geduld, Gustl, GEDULD!'

Alsof ik naar zijn komst verlangde, en niet zij. Het volk ontwaakt... het Volk Ontwaakt! Ik deed mee aan vastberaden spreekkoren waarvan tekst en toon me pijnlijk in de oren klonken. Mijn kinderen profiteerden van de gelegenheid en stopten zich vol met *Mozartkugeln*, *Mohr in Hemd* en andere snoeperijen van bij ons. Pastoor Hirte aaide over hun bolletje en iedereen was het erover eens: de kinderen Kubizek hadden hun opvoeding niet gemist. Hadden ze graag een speldje gehad van de partij, misschien? Thuis verwijderde Hanna de godslasterlijke emblemen en borg ze op – een mens weet toch maar nooit – tussen de vingerhoeden van haar naaibak. Twee dagen lang sprak ze geen stom woord.

Er volgde een periode van gespannen rust. De *Beobachter* leerde Schlächter en Schindaas dat de gauchisten ons dreigden te overspoelen. Links rukte in heel Europa op – een 'mottige mode' waar Hirte niks van wilde weten. De bolsjewieken hielden Frankrijk en Spanje al in hun greep, het gepeupel staakte er het werk en klitte samen, van Frente Popular tot Front Populaire. Het zou niet lang meer duren voor de rooien ook bij ons het rijk overnamen, met hun internationalistische credo de weg zouden plaveien voor Russen en joden. Maar Schuschnigg, de nieuwe kanselier, had er nog altijd niets van begrepen! Terwijl alle ogen op Duitsland waren gericht, waar het zaad van de nieuwe orde kiemde, zag onze kanselier de kansen niet die het Duitse reveil bood. Hij vond het integendeel net een bedreiging. Zelfs bij ons in Eferding waren er mensen die tegen de stroom bleven oproeien. Met de moed die uit de wanhoop kan ontstaan, tegen beter weten in.

'Waar in godesnaam zit die mannen hun verstand, Wolf? Stonden ze dan echt gans van achteren toen ons Heer 't uitdeelde?'

Schlächter had de bevolking toen al opgedeeld in witten en zwarten. (En een paar groenen.) Wit was wie niet voor hem was maar ook niet tegen – mijn vrouw, en met haar een hele rist goeie katholieken. De zwarte lijst bevatte slechts dertig namen. Communisten en vijanden van de Führer, het soort mensen dat zijn eigen godsdienst aankleeft in plaats van naar meneer pastoor te luisteren. Ook de kapelaan – hij beschikte niet over de zin voor de geschiedenis van zijn overste – was zwart. De groene lijst tot slot bevatte naast de namen van Schlächter en Schindaas ook die van mezelf, die van mijn zonen en die van de pastoor, menéér pastoor.

Op zondag na de hoogmis werd het vertreksein geblazen. Tamboer-majoor en vendeldrager marcheerden voorop. De dag komt waarop onze troepen compagnieën worden, onze compagnieën bataljons en onze bataljons regimenten... De stoet trok naar het bos en keek voor zich uit, de toekomst tegemoet. Bij het vertrek verstopten ze hun wapens nog, bij hun terugkeer zouden ze zich verstouten en de blote heften laten maanblinken. Mij lieten ze met rust, ik werd geacht visioenen te krijgen tijdens mijn eenzame tochten. Bijna elke ochtend vroeg bakker Schindaas: 'Nog altijd niets, August, nog altijd niets?' Overtuigd als hij was van mijn gaven als orakel verwachtte hij elk ogenblik de komst van de Beierse Messias.

Het was valavond en volle maan toen een vertreden spoor me bij een open plek in het bos bracht. Ik wist dat er wel eens jagers kwamen, maar verder haast niemand omdat de tra een eind van de paden verwijderd was. Er heerste een gekwetste stilte. De vogels zwegen en voor de nachtuil was het te vroeg. Een onbestemde zoetheid overheerste de dennengeur. Het gras was platgetreden en hoewel het dagen niet meer geregend had, lag er donker vocht op de grond, gestremde plassen alsof er zich een bloedbui over het bos had gestort. Ook al lagen er geen lichamen meer... dit was bloed. Mensenbloed? De zwarte lijst... Het was allemaal begonnen en ik had het niet kunnen voorkomen – erger nog ik had helemaal niets in de gaten gehad. De kapelaan! Bernd de rode jager, Sachenbacher en zijn vrouw, die het niet kon laten de internationale te neuriën wanneer ze bij Schindaas om brood ging... Pflüge misschien, Klinger uiteraard, Ammerer? Ik rende in paniek naar het dorp, de weeë geur nog in mijn neus.

De straatjongens speelden buiten, de kleintjes sliepen, mijn vrouw bereidde de soep van de volgende dag. Bij de burgemeester werd een verjaardag gevierd, de onderpastoor las zijn brevier. 'De bakker,' dacht ik, nog niet helemaal gerustgesteld. Schindaas legde een geëxciteerde vinger op zijn lippen en trok me mee naar het achterhuis, waar de warmte van de ovens hing.

'En, August, en?'

Zijn linker ooglid trok onwillekeurig samen.

Ik moest hem teleurstellen.

'Nog altijd niets, geen visioen, bakker... maar dat bloed... in 't bos... de zwarte lijst...'

'Bloed, August? Echt bloed?'

Er kwam een spotlachje om zijn lippen.

'August toch, August! Dat zijn toch gewoon de zondagse oefeningen. Om de jongens klaar te maken voor de strijd. Geen mensen, bij God, August, nee! Het zijn maar kippen! Kippen en varkens.'

Het was naar 't schijnt een graduele opleiding.

'Graudeel, August! GRAU-DEEL!'

Ik liet het na hem te verbeteren.

'Wie nooit een vlieg kwaad heeft gedaan, begint met een kip. Je tanden in de kippennek zetten of het beest bij de kop pakken en dan maar zwaaien met het lijf.'

Schindaas trok zijn neus op. Wie meer ervaring had kon met een varken aan de slag: de keel doorsnijden en het bloed op je blote bast laten vloeien. Als laatste in de rij kwamen de katten, arme beesten die pijnlijk traag naar een andere wereld werden geholpen. De oortjes knippen, het tongetje.

'Ik kan het zelf niet, August, het doet me zo'n verdriet!'

Naalden in de ogen en het vuur aan de pootjes... De opleider was een Duitser, die zich in zijn jonge jaren zo lang met een negermokkel had geamuseerd dat zijn eigen maten hem hadden gesmeekt om haar te laten sterven. Het programma vorderde en, zo moest ik het maar bekijken, het had zo zijn voordelen. Schlächter zou voor mij vast een kippetje of een achterham op overschot hebben. Of verkoos ik een lekker brokje kat misschien?

28.

De mist werd dikker, de hoorn geblazen. Kanselier Schuschnigg bracht een ultiem en naar mijn gevoel vernederend bezoek aan Hitler. Hij volgde de kronkelende weg naar het Arendsnest, drong via de tunnel de ingewanden van de berg binnen, nam de lift en stond even later alweer beneden – zonder de minste garantie voor de autonomie van ons land. Wat had hij dan gedacht? We wisten allemaal dat de Führer niet te vinden was voor een volksgeraadpleging, ook al had Schuschnigg dat zo graag gewild. Onze kanselier wist dat zelf natuurlijk ook, maar hij had er stilletjes op gerekend dat zijn nederige knieval de Reichsführer van gedacht kon doen veranderen. Quod absurdum... Eerst annexeren, vervolgens plebisciteren, dat was Hitlers devies. Er waren andere mogelijkheden dan een volksraadpleging om Oostenrijk in te lijven – ze waren sneller en boden meer zekerheid.

De volgende ochtend bestelde ik een rond rogge en zei stilletjes dat het zover was. Schindaas nam mijn hoofd in de bankschroef van zijn handen en gaf me een kus op mijn kop. (Op de dag dat Hitler besliste om zijn geboorteland te veroveren, kreeg ik een schedelkus en gratis roggebrood.)

Hitler liet zijn troepen de grens oversteken in Braunau. Zijn geboortedorp, de plek waar zijn vader douanier was geweest, het Braunau am Inn waar *Mein Kampf* begon. De Duitse soldaten hielden geen halt bij de douane, de Oostenrijkse kuddes legden de Duitsers geen strobreed in de weg. In elk volgend dorp kregen de brigades een loeiende ovatie. De eerste avond al stonden de Duitsers bij ons. Braunau-Linz-Wenen... A liet zijn regimenten stroomopwaarts oprukken, langs de kille wateren van de Inn en de Donau. Zijn einddoel was Wenen. Hij wilde de bron van zijn bestaan veroveren, heersen over de plek die zijn talent niet had gezien, de stad verkrachten die hem hooghartig had afgewezen. Niemand begreep beter dan ik hoe diep vernederd hij was geweest, niemand zag dat dit zijn ultieme wraak was. Wraak op het verleden, op de academie, op het lot. Triomf van de wil!

In Linz verwelkomde een enthousiaste menigte de zoon die ze eerder had uitgespuwd. Vlaggen en spandoeken sierden de markt, er werd geklapt en gelachen. Zou Stefanie er ook zou zijn, zwaaiend met haar brede heupen, haar plooirok en een hakenkruisen vlag? Zelf maakte ik de toespraak van Hitler niet mee. De Duitse soldaten moesten een onderkomen krijgen en die taak was mij toevertrouwd. Terwijl ik burgerbedden sommeerde, stonden mijn Eferdinger trawanten op de eerste rij, kregen de slager en de bakker een ereplaats op het balkon. De stad gloeide, honderdduizend mensen heetten hun Führer welkom.

Op dag twee van de Anschluss kwam Schlächter naar de hofstee, in het bijzijn van drie officieren van de SA.

Schlächter had – vanwege Hanna? – altijd een vorm van terughoudendheid aan de dag gelegd en kwam hoogst zelden bij mij thuis. Als hij dat deze keer wel deed, moest daar een goede reden voor zijn. Na de plichtplegingen – 'August Kubizek, de beste jeugdvriend van de Reichsführer' – bleek dat de drie officieren 'speciaal voor mij' uit Duitsland waren overgekomen. Ze vroegen 'de documenten'. Koel, maar met aandrang. Ik hield mijn mond, zoals gewoonlijk. Ik nam aan dat het ging over de tekeningen en brieven van de jonge Hitler. Of dachten ze dat ik in het bezit was van documenten van Geli Raubal? Dat ik meer wist over de tragische dood van zijn nichtje, te veel wist over de driehoeksverhouding met Emil Maurice? Of was het hen te doen misschien om de brief uit 1933? Hoe wisten ze er dan van? Kwamen ze in opdracht van juffrouw Hess misschien, of van nog iemand anders, iemand die het verleden van de Führer probeerde boven te spitten, iemand die begrepen had wat hij al die tijd had verzwegen, iemand die wilde weten hoeveel halve waarheden hij had verspreid? Wilden ze mij in opspraak brengen, kwam ik te dicht bij hem, bij de macht, zagen ze mij als een rivaal? Of wilden ze alleen hem treffen, hadden ze mij – mijn en ons verleden – nodig om hem onder druk te zetten, te kunnen chanteren? Ze zegden het opnieuw – DOCUMENTEN – dreigend en weifelend tegelijk. Ik antwoordde ontwijkend; de relieken die ik in mijn bruine enveloppe bewaarde, behoorden aan mij en alleen aan mij toe. Ze mompelden iets van 'orders' en 'kanselarij'. Ik zei dat als de Führer erop stond om mijn papieren in handen te krijgen, dat hij me dan een brief zou sturen, 'zoals hij wel eens deed'. Ik weigerde een tweede en een derde keer, beleefd maar koppig. De officieren reageerden beleefd maar ziedend. Ze hadden zich 'in de Ostmark' aan een warmere ontvangst verwacht. Ik lapte hun opmerkingen aan mijn laars. De volgende dag haalde ik de bruine enveloppe met de letter A uit de koffer en bracht ze in veiligheid, op zolder bij een vriend.

29.

De joden zaten als ratten in de val. Sommigen probeerden te ontsnappen, maar de Veiligheid waakte. S&S rekenden de bedriegers bij bosjes in. Ze kregen er de eretekens voor, al hadden Schlächter en Schindaas zichzelf al een beloning toegekend. De jood zorgvuldig ontdaan van zijn zilveren bril, de diamanten onder de tong gevonden en het bundeltje biljetten onder het juten hemd. Gedronken en de dochter poepnaakt laten dansen, terwijl papa er met onthutst keppeltje op te stond te kijken. Vervolgens om beurten het jonge joodse vlees getemd en wanneer ze er hun bekomst van hadden, de verweekte onderbuik van de moeder nog wat getreiterd met een vluchtig ingezeepte bezem. Het meest hadden ze gelachen toen haar jiddenpruik tot over haar oren zakte, wanneer Schindaas haar bij de haren had willen grijpen.

'Je had het moeten zien, Gustl, het is het grappigste wat ik ooit... echt, gezworen!'

Zelf had ik het alleen van horen zeggen, want – excuseer – Gustl had het druk, er was meer werk dan voorheen op het gemeentehuis. Het bevolkingsregister bijhouden was mijn exclusieve bevoegdheid en ondanks de zwarte lijst was het niet eenvoudig om het precieze aantal roden en joden te bepalen. Er waren halve roden bij en kwartjoden, en die bleven in de regel gespaard. Toch moest ik op een paar maanden tijd dertig namen uit mijn register schrappen. Enkele families waren gevlucht, maar de meerderheid was 'op transport gezet', een uitdrukking die meer zegde over de reis dan over de bestemming. Er werd gefluisterd dat er vijftig kilometer stroomopwaarts een 'installatie' werd gebouwd, niet ver van het dorp Mauthausen. Ik begon de Donau te mijden, zijn gekeerde water droeg meer afval mee dan in het verleden, en verspreidde de dampen van de hel.

30.

Toen Hitler korte tijd later voor de tweede keer in Linz verscheen, kon ik me aan mijn verplichtingen onttrekken. Ik weet vandaag niet meer waar ik de moed vandaan haalde, maar na zijn toespraak – A was die dag niet echt bevlogen en maakte een vermoeide indruk – begaf ik me recht naar hotel Weinziger. Doorgangsbewijs in de aanslag (de brief van '33) en met een stem die zelfbewust moest klinken zei ik dat het 'voor de Rijkskanselier' was. De soldaten staarden me ongelovig aan, keken naar mijn schoenen en haalden er een officier bij. Hij stelde zich voor: Bormann.

'Herr Bormann! Excuseer dat ik U niet had herkend.'

Hij keek door me heen en draaide zich om: 'Mijn broer, u verwart me met Martin. Net als iedereen.'

Mijn brief en opgeblonken schoentippen resulteerden in het verhoopte effect. Ik werd toegelaten in de hal, waar een menigte wachtte. Deftige zakenmannen, een generaal in paradepak en een mij vagelijk bekend politicus. Hoge pieten allemaal, en ik begon al spijt te krijgen van mijn overmoed toen Bormann naast me kwam zitten. Na de uitwisseling van enige inleidende beleefdheden (wat ik van de toespraak vond, hoe geweldig Linz wel was, hoe hartelijk de ontvangst van de Duitse soldaten), begon hij te vertellen over 'de kleine kantjes van de grote leider'.

De Führer was licht ontvlambaar, ging laat in de nacht

slapen en verplichtte zijn medewerkers tot urenlang luisteren.

Kon ik me voorstellen.

Hij was veeleisend.

Zonder meer.

Kon niet verdragen dat iemand hem tegensprak.

Moest hij mij vertellen!

Bovenal kende hij de twijfel niet, althans: hij twijfelde op het verkeerde ogenblik aan het verkeerde ding. Aan zichzelf twijfelde de Führer niet. Hij nam zonder de minste aarzeling een beslissing en moest tezelfdertijd vaststellen dat het niet noodzakelijk de juiste was geweest. Daarop nam hij een tweede, om de noodlottige gevolgen van de eerste te compenseren en een derde om de problemen van de vorige twee op te lossen. Als ik eens wist hoeveel tegenstrijdige bevelen de Führer gegeven had vooraleer zijn troepen de grens waren overgestoken! Hij had een bode naar Benito gestuurd – 'die schlemiel van een Mussolini' – om hem op de hoogte te brengen van zijn plannen. Zonder een antwoord af te wachten had hij het marsbevel gegeven, weer ingetrokken, opnieuw gegeven...

Ik vroeg me af waarom Bormann me dat soort van confidenties deed. Was het eenzaamheid, omdat hij bij generaal en kardinaal nooit de kans schoon zag om zulke zaken te vertellen, dingen die nochtans zo eenvoudig waren en zo waar? Wilde hij me op de proef stellen? Wilde Bormann dat ik deed als hij, dat ik de onvolkomenheden uit het verleden van A zou opdiepen? Of werd Hitler omringd door figuren die hem alleen maar lippendienst bewezen, die de man minachtten van wie ze de hielen likten? Knikken en zwijgen leek me het verstandigst, zoals gewoonlijk dus. Na een paar uur van heen-en-weer schuiven op een chique maar krakende stoel – dit was echt wel Linz – kregen we te horen dat we de volgende dag mochten terugkomen. De Führer was onpasselijk en zou die dag niemand meer ontvangen.

Ik deed geen oog dicht, vreemde gedachten beheersten tot het ochtendgloren mijn hoofd. Maar ik had me een taak tot doel gesteld en zou doorbijten. Bij het ontbijt had mijn vrouw voor één keer geen kritiek. Hadden Hirte en zijn kardinaal niet alle goeds verteld van mijn oude vriend?

'De belangrijkste man van Europa, de redder van het vaderland, wat een eer Gustl!'

Als bij toverslag was Hanna bereid om A's verleden en mijn bizarre gedrag te vergeven.

Wie waren wij simpele zielen om de volle draagwijdte van de loop der geschiedenis te doorgronden?

Was de gewone man wel in staat om de groten te begrijpen?

Voor de tweede keer bood ik me aan in zijn hotel, met bonzend hart en de toestemming van mijn vrouw deze keer. Tot mijn verbazing liet Bormann me voorgaan op generaal, graaf en grondbezitter. Nog voor ik het besefte stapte Adolf Hitler met goedkeurende knikjes op me toe en nam mijn aarzelende vingers in beide handen, zoals een gezalfde pleegt te doen. Hij keek me recht in de ogen en noemde me vriendschappelijk 'Gustl'. Terwijl ik mijn zorgvuldig voorbereide openingszinnen debiteerde bleef hij glimlachen, alsof hij wilde zeggen 'mooi nummertje Kubizek'.

'Kom toch mee!'

We namen de lift naar zijn vertrekken boven, waar er na een tijdje niemand meer was, alleen wij tweeën. Ik was niet eens gefouilleerd, had ik een wapen bij me gehad dan had ik hem kunnen vermoorden. Had A zo'n grenzeloos vertrouwen in mij? Ik voelde me vereerd, maar was ik het waard? Wat had ik hem te zeggen? Ik kon het gesprek toch onmogelijk openen met de mededeling dat hij slecht omringd was, dat hij voorzichtiger moest zijn, dat ik hem makkelijk had kunnen doden? Had een dossiervreter uit Eferding wel iets te vertellen aan de belangrijkste man van Europa?

Er werd me helemaal niets gevraagd. Net als in het verleden kon ik volstaan met luisteren – hij was het die sprak. Gedreven, alsof we elkaar de week tevoren nog hadden ontmoet. Om te beginnen waren er zijn projecten voor de stad – voor Linz, Gustl, welke stad anders! – en voor het land. Het nieuwe theater, vanzelfsprekend! De Brug der Nibelungen die de Inn zou overspannen en een nieuwe dynamiek... Over de Anschluss zweeg hij. A had me altijd al als een idioot beschouwd wat de politiek betreft en wilde ongetwijfeld door een dom meningsverschil zijn pas weergevonden vriend niet verliezen. We hadden het nog even over muziek en de teloorgang van het theater, toen het onderhoud op zijn eind leek te lopen.

'Maar jij, Gustl, wat is er van jou geworden?'

Ik antwoordde voorzichtig en benadrukte mijn rol als dirigent en vader – ik wist wat hij van ambtenaren dacht. A bleef beleefd.

'Getrouwd, en vader bovendien! Kijk eens aan...'

Zag ik een tinteling in zijn ogen?

'Nooit heb ik er een moment aan getwijfeld dat jij...'

Ik had me aan een ontmoeting van vijf minuten verwacht, ik bleef ruim een uur. We hadden het over Eferding, de Franz Josef Jubiläums-Schule, over alles en niets. We waren samen, net als vroeger. Hij beloofde de muzikale scholing van de kinderen te betalen, wilde nog weten of het me aan niets ontbrak. Ik leefde behoorlijk en had geen bijzondere wensen.

We hadden al afscheid genomen toen Adi zich omdraaide, mijn vingers weer vastpakte en me uitnodigde voor de volgende dag. Hij zou de school bezoeken, de lagere school waar hij zulke goede – niet al te slechte – herinneringen aan had overgehouden. Er verscheen iets als een glimlach op zijn gezicht.

31.

De Führer werd verwelkomd met alle honneurs waar het schooltje toe in staat was. Voor de kinderen was er geen verschil tussen het jaarlijkse bezoek van meneer pastoor en dat van de belangrijkste man ter wereld. Ze waren niet opgevoed met de Duitse gestrengheid en de naam van Hitler klonk bij ons nog niet als die van ons Heer... De directeur was oprecht verheugd om te mogen verwelkomen: 'De gewezen leerling en desalniettemin Kanselier van het Rijk, de Führer van Duitsland en van zijn dankbare Ostmark, Adolf Hitler in persoon!'

De onderwijzeres – een jong ding dat voor de gelegenheid een bloemetjesjurk droeg – boog diep voorover, toonde haar blanke rondingen en liep rood aan toen ze in zijn blauwe ogen keek. A nam haar hand vast, net zo lang als de beleefdheid dat vereiste, maar om de een of andere reden leek hij niet op zijn gemak. Hij deed zijn uiterste best om te zijn wie hij niet was: een vriendelijk en geduldig man. Meteen bij zijn aankomst al was hij zichtbaar geschrokken toen niet meer dan een enkeling zijn Italiaanse groet had beantwoord.

'In Duitsland, Gustl, stijgen de *Sieg Heils* tot in de hemel!'

Maar hij begreep dat het geen opstandigheid was, maar gewoon Oostenrijkse boertigheid. Wat later raakte hij zichtbaar vertederd door het fleurige kleedje, de blanke juf en al die blonde kinderkopjes. Hij hield zijn handen beheerst achter zijn rug, maar tokkelde met de vingers van zijn linkerhand op de handpalm van zijn rechter. Hij hoorde er niet bij, had er nooit echt bij gehoord. Nooit zou hij een man als een ander zijn, hij was alles of niets. Reichsführer of zonderling.

Tijdens de autorit terug zegden we aanvankelijk geen woord. De chauffeur – hij heette Julius, rook naar de drank en ging ongepast familiaar met de Führer om – reed naar mijn oordeel te snel, het landschap trok voorbij tegen een ritme dat het mijne niet was.

'Het gaat snel,' zei ik zo neutraal mogelijk.

'Dan had je Julius Schreck moeten meemaken, Gustl, die wist pas wat snelheid was!'

'Schreck, de schrik van de weg,' lachte de chauffeur.

Toen ik oordeelde dat ik mee moest lachen, hielden zij op. Met Schreck-de-schrik viel er niet te lachen.

'Hij is dood en begraven, Gustl. En eerlijk, als ik één ding uit het verleden mocht veranderen... één man uit de doden kon wekken zoals dat heet...'

De twee begonnen een gesprek dat zo geanimeerd verliep dat ik de draad verloor. Het ging over Julius, de dode Julius, over lange ritten in de Mercedes die Schreck-de-schrik en Adi tot in de uithoeken van Duitsland hadden gebracht, in romantische dorpen en hotels waar ik nooit van had gehoord. Eindelijk richtte hij het woord weer tot mij: 'Een heerlijke tijd waar ooit eind aan moest komen, Gustl.' Zijn lievelingschauffeur was ziek geworden en gestorven. Veel te vroeg, zoals zijn moeder of Geli. Op de een of andere manier leek iedereen die hem op zijn weg vergezelde, iedereen die hij liefhad voortijdig te sterven. Ik wilde protesteren, maar kreeg het ongemakkelijke gevoel dat het ongepast zou zijn. Niet ik was zijn vriend, zijn echte vriend, maar zij waren zijn vrienden: de man aan het stuur en de man die aan het stuur had moeten zitten. Twee Juliussen, had dat niet iets van Judassen? Reisde de ene mee als geest, dan was de tweede al te nabij, onontkoombaar luidruchtig en lichamelijk aanwezig.

De akkers wachtten op het eerste lentekiemen, in de dorpen stonden mensen in de rij voor het referendum. Er passeerden militaire voertuigen, soldaten brachten ons een trotse groet. A scheen ze niet op te merken. Ik zat op de bank, dertig centimeter en een paar bruinlederen handschoenen van hem verwijderd. Was hij zich nog van mijn aanwezigheid bewust? Hij staarde geroerd naar zijn geboortestreek en liet zijn Julius 'zonder verwijl' omwegen maken – in noordelijke dan weer in zuidelijke richting. Toen ik het niet meer verwachtte, stapte A uit, wenkte me en stapte met ongeduldige tred op een kerkhof toe.

'We gaan naar mams, naar moeder.'

Ik mocht hem vergezellen, terwijl Julius bij de auto bleef. De povere staat van de grafsteen werkte op zijn gemoed. Ik kan moeilijk onder woorden brengen hoeveel moeite het me kostte om mijn kalmte te bewaren. Hij moest er toch iets van merken, mijn trillende handen, mijn zenuwhoest?

'Adi?' Gewoon, plompverloren: 'Adi?'

Hij keek verbaasd, maar ik mocht niet meer aarzelen.

'Adi, ik... denk je nog wel eens aan vroeger, aan onze...?' Ik wilde weet-ik-veel-wat zeggen, 'wandelingen' zeggen of beter nog 'schuur', maar schuur kreeg ik niet over mijn lippen, niet waar zijn moeder bij was. Schuur was door al die jaren van verzwijgen obsceen geworden – een heimelijk, verborgen, verboden woord.

'Gustl, natuurlijk, dat heb ik je toch gezegd.' Met een zweem van irritatie in zijn stem.

'Maar je begrijpt,' hij legde zijn hand op mijn schouder, 'dat het niet gepast is om mij... Adi te noemen. Al helemaal niet in het bijzijn van moeder of van...' – hij maakte een hoofdbeweging in de richting van de auto – 'anderen'.

Ik tastte naar mijn binnenzak, waar het scherp geslepen mes zat, maar aarzelde en besefte dat ik het nooit zou kunnen. Nooit zou ik mijn Adi een haar krenken. Tenzij – Julius zwaaide even, wees naar een veld en stapte weg met iets als een fles in zijn hand – vanuit een opwelling misschien.

'Gustl! Dat graf... hier moet toch ietsss... gebeuren!'

Ik – de trotse toeschouwer van zijn intieme wrok – beloofde het op mij te nemen. Hij weigerde beleefd maar kordaat, zei dat er 'anderen waren die voor dat graf werden betaald'. Bedoelde hij de gemeente? Zijn halfzus Angela? Zou Angela over de dood van haar dochter heen zijn geraakt? Of zat ze urenlang, in verdriet verdronken, bij haar portret? Dacht hij, oom A, nog wel eens aan zijn nicht? Ik durfde hem niets te vragen, al schreeuwden er honderd vragen om een antwoord. Wat was er met Geli gebeurd? Hoe zat het met Emil en oom Alf en Geli? Was Emil misschien een tweede (derde, vierde?) Gustl voor hem én voor haar geweest? Noemde Emil hem dan liefkozend Adl of Alf, Adi of Dolfi? Wie was die Julius eigenlijk? En Hess en al die andere mannen... Bormann, Schreck... Waren het zijn vrienden of handlangers, zijn adjudanten of minnaars, zijn secondanten of zijn intimi? En ik, zou ik in die lange rij nog iets voor hem betekenen – iets anders dan een souvenir, meer dan vijf regels in zijn glorieuze biografie?

'Denk je, Adolf, is er een manier om in contact te blijven?'

'In géén geval schrijven, Gustl, nooit meer schrijven!'

Hij las zijn brieven niet, dat deden medewerkers in zijn plaats. Hij schraapte zijn keel, niet alle medewerkers waren even betrouwbaar als – hij maakte een hoofdknik in de richting van zijn chauffeur – Julius. Er waren mensen die hun neus in allerlei zaken staken, dingen die hen niet aangingen. 'Ja, Gustl, zelfs ons verleden, zelfs onze periode in Wenen...' Sinds hij aan de macht was, werd dat alleen maar erger, dat sprak vanzelf. Soms had hij het gevoel dat ze op de loer lagen, hem bespioneerden, dat ze als mollen in zijn verleden zaten te woelen. Soms wilde hij dat alles net als vroeger was, toen 'een vriend nog gewoon een vriend kon zijn'. Maar waarom vertelde hij al die zaken toch aan mij, ik die ongetwijfeld heel andere besognes aan mijn hoofd had! Hij pauzeerde, zei dat hij graag nog naar de Donau was gereden om samen langs de oever te lopen, het over Wagner te hebben, over de bron en de betekenis van zijn muziek. Maar de tijd drong, hij had zaken te doen, in dit land en in andere. Hij nam me drie tellen lang in zijn armen en vroeg om geduld. Hij zou me iets laten weten.

Blij maar enigszins ontdaan ging ik naar huis. Ik was hem erkentelijk voor de eerlijke eenvoud van zijn ontvangst. Er was niet de minste garantie voor de toekomst, maar ik mocht me in de wangen knijpen: ik had een halve dag doorgebracht met de rijkskanselier in persoon. Ook al had ik niets meer gedaan dan naar hem geluisterd: God weet dat ik grotere plannen had opgevat. Maar in zijn aanwezigheid werd ik onherroepelijk weer de kleine Gustl, die luisterde naar de één jaar oudere en zoveel meer ervaren student aan de academie.... Na een kwarteeuw hadden Adi en ik gewoon de draad weer opgepikt.

32.

Ik begon nieuwe lijstjes aan te leggen.

Schaub, Julius.
°1898 in München
NSDAP-lid 81
Bloedbroeder van de Münchener putsch (Alweer!)
Manusje-van-alles

Schreck, Julius
°1898 + 1936
NSDAP 53
Grondlegger van de SS.
Lievelingschauffeur van Adi (!)
ziek geworden
staatsbegrafenis gekregen
grafrede door A zelf uitgesproken

Bormann, Albert
Braun, Eva
Eckart, Dietrich
(...)
Hanfstaengl, Ernst
Maurice, Emil
Speer, Albert
Wagner, Winifred

Al snel werd me duidelijk dat het onbegonnen werk was om de hele kliek in kaart te brengen, ik zou er nooit in slagen het web te ontwarren dat tientallen mannen en enkele vrouwen om mijn arme Adi hadden geweven.

33.

Scheisse! Wat willen die smeerlappen van me? Ik weet nog altijd nergens van, ook al loopt mijn verhaal stilaan op zijn eind... ik heb er haast een roman van gemaakt, compleet met tierelantijntjes en overbodige woorden. Zelfs nu, met de dood voor ogen, wil ik me beter voordoen dan ik ben. Gustl heeft altijd al willen behagen, maar verder dan wat schrale pianomuziek en deze memoires van onder de galg is hij nooit geraakt. Waarom behagen als je over twee dagen – weken, maanden – niets anders meer zal zijn dan een hoopje rottend vlees? Zelfs A, die met zijn tomeloze dadendrift een volk heeft gemobiliseerd en de loop van rivieren heeft weten om te leggen, ook hij zal nooit meer zijn dan een voetnoot in de geschiedenis. Hij reikt niet aan de knieën van keizer Franz-Joseph, niet half zo geliefd is hij als paus Pius. En als Adolf Hitler al niemand is, wie mag August Kubizek dan wel zijn? Waarom in godsnaam wil ik tot de laatste dagen van mijn povere bestaan bewijzen iemand te zijn? Een constructiefout is het, een ergerlijke vorm van staarse myopie. Dat zie ik nu pas: ik heb het leven voor ernst genomen, terwijl het als een spel was bedoeld. Maar laat me niet langer om de hete brij heen draaien.

Mijne Heren, (Dames?) van de jury: IK HAD HET PLAN OPGEVAT OM HEM TE DODEN. IK EN IK ALLEEN. Lees dit en vergeet zo u wil de rest. Ik wilde hem dood, omdat ik dat recht meen(de) te hebben. Omdat ik hem kende zoals hij was, en hem desondanks graag zag. OMDAT HIJ MIJN VRIEND WAS. Omdat hij mij was, in zekere zin. Er waren intussen anderen geweest; ze hadden zelfmoord gepleegd of waren vermoord. Niet sterk genoeg, door de liefde verblind? Ik in elk geval had besloten niet te sneuvelen maar te schieten, geen slachtoffer te zijn maar dader. Was er iemand op de wereld die het recht had om hem om te brengen, dan was ik het wel. Twijfelde ik, zei ik 's ochtends bij mezelf dat ik het nooit zou kunnen, dan vermande ik me nog tegen de avond: het zou toch mijn eerste moord niet zijn. Om de een of andere internationale reden had ik in de Karpaten een onhandige kogel door een jongenskeel gejaagd. Ik had zijn bloed zien vloeien. Dik, Russisch bloed, dat een ritmisch beekje vormde, alsof de jongeman een nonchalant uitwaaierende sjaal om zijn nek had geslagen. Hij stond eerst raar te hikken, wankelde vervolgens en viel slap voorover in het water, waar een stroomversnelling hem meevoerde naar nergens. Ik kende die Rus niet eens. Waarom zou een mens in godsnaam een onbekende Rus door de nek schieten? Hij had een zacht, pafferig gezicht en droeg een baard, zoals elke jonge Karpatenrus in die dagen een baard droeg.

Adi moest dus mijn tweede moord worden – een rechtvaardige, weloverwogen moord deze keer. Ik heb nog altijd een zekere schroom om het toe te geven, maar ik zag hem graag. Ik hield van die Weense jongeman die zijn eigen talent niet begreep, van de weerbarstige jongen die geen geluk had gekend met het leven en wanhopig bleef geloven in een toekomst en zijn goede gesternte. Ik hield van hem zonder voorwaarden, zoals een moeder houdt van haar kroost. Als ik hem toch dood wilde, ondanks mijn liefde, dan was het omdat ik wist hoe gevaarlijk hij was. Zijn oeverloze verontwaardiging, zijn redeloze dadendrang zouden honderdduizenden – verongelijkten zoals hij – in zijn kielzog meevoeren. Hij was het, meer dan Versailles, die de Waanzin van de Tijd bestierde. Hij was het die het land en de wereld tot op de rand – tot over de rand? – van de oorlog bracht. In mijn hoofd herhaalde ik elke avond de enige woorden Engels die ik vader zaliger ooit heb horen spreken: '*It only takes two fools to start a war.*' Papa sprak ze voorzichtig uit, een mengeling van klanken als een toverformule. Hij had het citaat, beweerde hij, van een bijeenkomst van de pacifisten. Ook al zou het me mijn leven kosten, het was mijn plicht om tenminste één gek tot staan te brengen. Mijn plicht als zoon, als mens. Als man.

Het was geen eenvoudige beslissing. Vanaf de dag dat ik ze genomen had, was ik eenzamer dan ooit. Uiteraard kon ik niemand – niemand! – op de hoogte brengen van mijn voornemen. Mijn vrouw zou gek genoeg zijn om het in het oor van pastoor Hirte te fluisteren... er een bewijs in zien van mijn labiele geestelijke toestand en me met medeweten van de dokter – die toch al een oogje op haar en haar hofstee had – laten opsluiten in het asiel. Noodgedwongen bleef ik dus mijn ziekmakende komedie spelen, bezwaarde me elke dag wat meer met de gang van zaken in Eferding. Zonder mijn toedoen was een onschuldige jood niet naar het werkkamp gebracht, zonder mijn gemeenteregister was die jonge communist nog in leven... 's Ochtends at ik het brood van de man die de tong uit de mond van de kapelaan had gesneden, 's avonds kocht ik vlees bij de vent die zijn voetzolen had geblakerd.

'Ik kan het niet, August, ik kan het niet... die katten zo te zien lijden... liever nog een zondig mens dan zo'n onschuldig beest.'

Een moedige beslissing nemen is één ding, ze uitvoeren een tweede. Ik ben de weemoed zelve, niet in staat om bij grote koude een spin buiten te zetten. Tijdens mijn eerste ontmoeting met Hitler had ik geen wapen bij me, overtuigd als ik was dat ze me zouden fouilleren. Ik had zijn vertrouwen onderschat, zijn vriendschap: ik was betrouwbaar tot bewijs van het tegendeel. Was het die eerste keer in het hotel materieel onmogelijk geweest om hem te raken, er was toch nog een dag gevolgd. Ik had hem kunnen treffen na het bezoek aan de school, hem doden op het graf van de vrouw die hem ter wereld had gebracht. Maar ik had de moed niet en durfde het scherp geslepen mes niet te gebruiken dat ik – op gevaar van eigen leven – in mijn binnenzak droeg. Drie keer had ik geaarzeld, maar het vertrouwen van een vriend beschamen is als het konijn slachten dat je met wortel en geduld hebt grootgebracht. Ik was er het hart van in. Hoeveel joden zouden er nog door mijn onmacht worden gedeporteerd? Hoeveel rooien door mijn gevoelerigheid op transport gezet? Bij elk gezwollen lichaam dat ik zag drijven, bij elk barbaars gerucht dat me bereikte, stelde ik bitter vast dat de man die het allemaal had kunnen vermijden gewoonweg de moed niet had weten op te brengen.

De implexe uil komt me tegemoet.

Dag Uil, ik ben niet bang.

Hij gelijkt op een uil, maar het is er geen. Deze uil is hol.

Ik kijk naar binnen in zijn uilenlijf, niets! Ingewanden noch pluimen.

Hij is hol zoals een masker, een rijpe vrucht ontdaan van zijn substantie.

Het is geen uil, omdat hij niet van vlees en pluimen is, maar van papier. Carbonpapier met gaatjes.

Het is geen uil want hij spreekt. Hij spreekt mijn eigen mensentaal, dit kan dus onmogelijk een uil zijn.

Hij vraagt me rustig om hem te zien zoals hij is, hij wil dat ik geen enkele illusie koester.

Ik antwoord dat de werkelijkheid me geen angst inboezemt, dat angst alleen in mijn hoofd kan huizen.

Ik heb zin om hem te kussen maar aarzel – wie kust er nu een holle uil?

Een eenzame beslissing is nooit verworven, en voor een twijfelaar is een beslissing niet meer dan een neiging in het nu. Ik leefde heel alleen met mijn voornemen. Veranderde ik van mening dan ontgoochelde ik niemand anders dan mezelf. 'Doen' vocht dagelijks in mijn kop met 'laten'. Ik plukte madeliefjes kaal en telde mijn stappen tot de eerste boom – doden, niet doden, wel doden, niet? Zag ik de vreugde en de hoop in de harten van mijn landgenoten bij de Anschluss, dan concludeerde ik dat ik me had vergist. Waren mijn hart en mijn verstand dan beter dan dat van honderdduizenden? Was ik slimmer dan mijn buur, wijzer dan mijn vriend? Elke ochtend ontwaakte ik met de zekerheid dat Hanna het bij het rechte eind had, dat ik mijn verstand kwijt was. Ik was de *fool* waar pa zaliger het over had, maar ik besefte het niet. Elke avond weer sliep ik in als eenzame held en redder van het vaderland.

PS: Het viel me op bij het herlezen, pa zaliger. Ben ik straks zelf geen pa zaliger?

34.

Verloren Zoon, trots der natie! We zongen, klapten en aanbeden. Het bestaan was een zee van broederlijkheid en verheerlijking. Mijn lied werd versterkt door gelijkgestemde melodieën, ik herkende mijn stem niet uit duizenden andere. Onze hymne had geen ander doel dan de lof te zingen van God en van de Führer. Maar onze tuin van Eden werd bedreigd door jood en zingaro, bolsjewist en communist. Van buiten begeerd, binnenin verkankerd. De vijand gunde ons de vrijheid en de vreugde niet...

'De Geschiedenis, beminde parochianen, zal zich NIET herhalen... deze keer zal Abel NIET sterven door zijn jaloerse broeder. De Koning der Koningen zij met ons. Dat Kaïn zijn plaats vinde ten Oosten van ons Eden. Dat Kaïn ons in vrede late en ons de nodige ruimte geve, Amen. ALLEN: AMEN!!'

Als ik de radio mocht geloven, dan was het een kwestie van weken voor de Tsjechen de Sudeten naar het leven zouden staan. De Sudeten waren Duitsers, konden we toelaten dat onze volksgenoten uit het Oosten machteloos de dood in werden gestuurd? Wilde de regering in Praag hen niet beschermen, dan moest Berlijn het wel doen. Chamberlain en Daladier waren naar München gereisd, en hadden zich naar verluidt 'inschikkelijk' getoond. Kon inschikkelijkheid alleen volstaan? Engelsen en Fransen droegen het water in de linkerhand en het vuur in de rechter! Hoe we ook verlangden naar een paar dagen van verpozing, hoezeer we ook recht op rust meenden te hebben, de Führer sprak van Offer en Plicht. Na Tsjecho-slowakije zou Danzig volgen, Polen en de Elzas. De tijd voor het vuur en het bloed was aangebroken. De verwachting had de melancholische Duitse geest uit zijn winterslaap gewekt, uit de hypertrofie van de wanhoop was weer hoop gegroeid.

Dat Adi me in die dagen niet schreef kon ik begrijpen, hij had andere en belangrijkere zaken aan zijn hoofd. Maar telkens kwamen al die mannen me voor ogen. Anderen hadden zich over hem ontfermd, mannen die munt uit hem probeerden te slaan. Mannen die het niet zo nauw namen met de vriendschap. Judassen die het beste voorhadden met zichzelf, niet met hem.

Nu de Duitsers in gevaar waren en de vijand zich openlijk bekendmaakte, werd de Führer meer dan ooit op handen gedragen. Voor honderdduizenden was hij de hoop op wraak en welvaart. De incarnatie van de hemel, niet van de hel.

U bent de Führer,
De redder van Duitsland,
U bent de Liefde
En de Trouw

Ik hou van U
Met heel mijn hart
Ik wil de Uwe zijn
U bent mijn geluk

U te dienen
Elke dag
Op elk uur
Als een trouwe soldaat

Führer
U bent mijn geloof
U bent Alles
Voor mij

Mijn faam als 'vriend van Hitler' reikte weldra tot buiten Eferding. De meest vreemde verzoeken werden tot mij gericht. Jonge ouders lieten de naam van hun kind aan mij over. Een priester vroeg me om spirituele bijstand, een boer wilde voor me bidden. Een vrouw in keurig kamgaren pak kwam naar me toe – 'tweed, meneer Kubizek, Schotse tweed!' – haalde een lok uit haar ogen en vroeg of ik haar 'in contact kon brengen'. Ze schoof de lok weer naar voren en fluisterde dat ze tot een vergoeding bereid was. Een oudere dame met paternoster neigde als was ik een heilige, en vroeg om haar te helpen met een brief. Zou ze hem 'Eminentie' noemen, 'Lieve' of 'Beste' Führer?

Ze noemde de brief haar kladje. Het bleek een vod.

Liefste Führer, (Eminentie?)

Excuseert U mij dat ik U zo ongelegen stoor, maar het is alsof ik U al altijd heb gekend. Ik bid elke avond voor U. Maar het is uiteraard niet om U zulke beuzelarij te vertellen dat ik, na rijp beraad, deze brief durf te versturen. Ik wil alleen melding maken van een idee dat bij me opkwam, toen ik nadacht over de joodse kwestie.

Iedereen is het erover eens dat het joodse gespuis ons onder de voet zal lopen als we niet snel iets ondernemen. Iedereen weet dat wij morgen de slachtoffers zullen zijn van hun gekonkel van vandaag. Maar wat is nu de oplossing? Daarover kreeg ik een visioen tijdens het handwerk in de tuin, meer bepaald bij het wieden van het onkruid. Toen besefte ik dat de oplossing van het joodse vraagstuk gewoon in mijn handen lag!

Mijn voorstel, beste Führer, is dat u een grote vloot op de been zou brengen. Er zullen ongetwijfeld nog wel schepen bestaan die al een tijdje in onbruik zijn geraakt? Ook kunt U, wanneer U binnenkort de aanval zult inzetten, in het noorden van Polen ongetwijfeld grote schepen buitmaken. U zou alle joden op die vrachtboten moeten verzamelen, met uw lading van wal steken en eens in volle zee: overboord ermee! Een paar reizen heen en weer, en ik ben er zeker van dat het onkruid de volgende lente niet weer de kop zal opsteken. Wieden maar!

Voor altijd de Uwe, (of een andere beleefdheidsformule?)
Anna.

Zonder openlijk kritiek te uiten gaf ik haar de raad mee de brief niet te versturen. Ik herhaalde wat de Führer me zelf op een dag had gezegd: hij kreeg veel post en las zijn brieven niet. Wat de aanspreking betrof: die zaak was van alle belang ontbloot, aangezien alleen een verre onderge-schikte ze zou lezen. Anna bleef volharden, prevelde een schietgebed en keek me aan met waterige, blauwe ogen. Ze had het gevoel, zei ze, dat iedereen zijn steentje moest bijdragen.

Op zondag hielden er mensen halt voor de hofstee, 'het huis van de Oostenrijkse vriend van Hitler!' Ik mocht mijn handtekening zetten in een boek, op een foto van de Führer. Het verzoek kwam me ter ore om deze of gene jood te sparen, hij had zijn liefde voor het vaderland bewezen, in de oorlog gevochten of een kind uit de Donau gered... Geduldig maakte ik duidelijk dat alleen het ras van tel was, niet de daden. Ik legde uit dat een Arische dief beter was dan een joodse heilige. Ook al had ik het gewild, ik kon niets voor hen betekenen. In een enkel schrijnend geval probeerde ik het, maar ik moest ervaren dat de vriendschap uit mijn jeugd geen garantie bood op succes. Schaub – hij opende mijn brieven en antwoordde in zijn plaats – gaf me de raad om nooit meer te schrijven met een gratieverzoek, en al helemaal niet voor een jood.

'Vroeg of laat kiest de jood ervoor om jood te zijn, meneer Kubizek, een jood is eerst jood en dan pas Duitser, Oostenrijker... mens. Soms ook mens.'

Ik kreeg opnieuw het volhardende bezoek van de officieren die me mijn 'documenten' afhandig wilden maken. Dreigende mannen in uniform gristen papieren uit mijn handen, partijbonzen stuurden een voertuig. Bormann liet me urenlang wachten in zijn automobiel, met een zwijgzame spierbundel als compagnon. Net wanneer ik me zorgen begon te maken, ontving hij me verstrooid, vroeg me tussen twee aantekeningen door of ik wel een partijkaart had. Ik bleef bij mijn standpunt: de Führer had me tijdens ons laatste onderhoud duidelijk gemaakt dat de documenten aan mij toebehoorden, aan mij en aan niemand anders. Ik werd weggebracht en een paar dagen later opnieuw afgehaald. S&S, onwetend waarom zulke belangrijke mensen me om de haverklap nodig hadden, waren groen van jaloezie maar legden zich bij het onvermijdelijke neer: ik stond hoger in aanzien dan zij. Nooit betaalde ik nog voor vlees, brood of gebak.

Tegen de lente van 1939 was ik ervan overtuigd niets meer van hem te zullen horen. De internationale spanning was ten top gestegen, en in die omstandigheden zou de Führer alleen nog tijd vinden voor de toekomst, niet meer voor een ver verleden. Was het daarom dat ik zo geëmotioneerd reageerde? Het was juni, de zomer stond voor de deur en mijn tranen vielen op het officiële papier. Net als zes jaar geleden kwam het schrijven uit het Bruine Huis. Een uitnodiging voor het Wagnerfestival, eregast met gratis logies. Ik, August Kubizek. Over een maand, in Bayreuth. Bayreuth! Voor een melomaan als ik stond zelfs Wenen niet boven Bayreuth. Adi had er een persoonlijk woordje aan toegevoegd. Hij was er niet helemaal zeker van, maar hij had de gewoonte om enkele concerten bij te wonen. Hitler verstond zich uitstekend met de koningin van Bayreuth, Winifred Marjorie Wagner Williams. Ik wist wat me te doen stond.

35.

Kon ik mijn vriend vermoorden, wilde ik het echt? Het antwoord zou van een man komen, een bange man. Waarom moest zonodig August Kubizek de wereld redden? Was het mijn schuld dat ik tijdens mijn jongensjaren een zekere Adolf Hitler tegen het lijf was gelopen? Kon ik het helpen dat ik me tot hem aangetrokken had gevoeld? Had zoiets niet eender welke weke jongeling kunnen overkomen? Waarom ik? Welke wrede God had zoiets bedacht, welke Ezel had het lot van Europa in de handen gelegd van een middelmatig muzikant, een man die nauwelijks een man was, een jongen die zijn hele leven naar zijn mama had geluisterd? Wie was er op het lumineuze idee gekomen om de gemeentesecretaris van Eferding op te zadelen met het gewicht van de geschiedenis, een moreel dilemma en een opdracht die hem de kop zou kosten?

36.

Iemand – een vriend, maar verzwijgen vrienden hun naam? – stuurde me een album, een Altona-Bahrenfeld uit 1933. Er zat een brief bij en een foto. Ik herkende meteen de jonge Hess, en na enige aarzeling ook Julius Schaub. Drie andere heren – een van hen een rijzig, opgeschoten type – waren me niet bekend. Ze poseerden met Schaub in hun midden, leunend tegen een auto, in elegante pakken. Hess hield zich enigszins op een afstand, benen militair gespreid, handen op de rug. De zon tekende scherpe schaduwen op een paleis.

Waarom stuurde die vriend me die foto? Dat album? Een tafeltje, enkele stoelen, een nachtkastje en een metalen bed met wollen deken. Daar moest Adolf Hitler het in Landsberg mee doen. Maar 'omringd door zijn getrouwen' had hij het overleefd. Alsof overleven in gevangenschap een prestatie was! Eer aan de groene grasparkiet! Het artikel bleek van de hand van Schaub. Julius Judas Schaub. Het werd gebracht als 'een authentiek getuigenis over de beproeving van Landsberg'. Over de moeilijke maanden die Adolf Hitler met zijn volgelingen in de gevangenis had doorgebracht. Had A de opdracht aan Schaub gegeven om zo'n heldhaftig artikel te schrijven? 'In werkelijkheid,' zo schreef mijn anonieme vriend, 'was het helemaal geen moeilijke tijd geweest, integendeel! A was er snel genezen van zijn zogenaamde zenuwziekte, hij had zijn theatrale zelfmoordplan even snel weer laten varen als het was komen aanwaaien. Nee, de waarheid was dat het er in Landsberg heel gezellig aan toe was gegaan. Op lange winteravonden werd er gedronken en met de kaarten gespeeld. Meer dan eens moest het gevangenispersoneel Hitlers vrolijke kliek tot de orde roepen, vanwege dronkenschap, naaktloperij of nachtlawaai. Waarom moest ik dat allemaal weten? Waarom moest ik op de hoogte worden gebracht van het doen en laten van al die mannen die Adi al in Landsberg rond zich had verzameld?

37.

Het Festpielhaus viel me toch wat tegen. Ik had een godsgeschenk verwacht, een meesterwerk van versteende levenslust, zoals het hoorde voor een nalatenschap van Ludwig, de gek van Beieren. (Wie had nog geen schilderij bewonderd van het Linderhof, een foto van Hohenschwangau en het megalomane Neuschwanstein… sprookjeskastelen die leken weggelopen uit een decor van Jakob Grimm? 'Niet alle gekken zorgen alleen voor dood en vernieling, papa… denk aan koning Ludwig van Beieren!') Maar de opera van Bayreuth stelde me danig teleur. De plechtige dreef die er naartoe leidde liet het beste verhopen, maar de constructie zelf bleek weer zo'n moderne doos zonder inspiratie. Voor een spoorwegstation had het gebouw niet misstaan, maar naar mijn mening was het een paleis van verfijning als het Festpielhaus onwaardig. Er kwam te veel baksteen aan te pas en te veel metaal. Wat een verschil met Wahnfried, de Italiaanse villa van Wagner die net zo'n toonbeeld was van evenwicht, elegantie en ingehouden trots.

Meteen na mijn aankomst in Bayreuth – de stad leek me met haar barokke beelden, parken en pleinen gebouwd voor het plezier en niet het geschikte decor voor de dood – begon ik aan een afscheidsbrief. Ik begreep welk risico dat inhield. De Gestapo zou in de hoogste staat van paraatheid zijn. Ze wisten dat ik de Führer zou ontmoeten en hielden me ongetwijfeld in de gaten, observeerden me koud zoals een kind kijkt naar een vlieg zonder poten.

(Nog tijdens het schrijven van mijn brief zag ik telkens weer dezelfde scène voor ogen. Het mannetje-met-dienst ziet me de brief op de post doen. Hij laat hem openmaken, leest en kan zijn ogen niet geloven. Hij leest nog eens en nog. Bij de vierde lezing denkt hij aan de toekomst van het Reich en bij de vijfde aan zijn eigen carrière. Geen tien minuten later is de Führer op de hoogte. A krijgt de brief in handen en kan het aanvankelijk evenmin geloven, maar de bewijzen zijn onweerlegbaar en het handschrift is overduidelijk het mijne. 'In dat geval,' zegt A uiterlijk kalm, 'zullen we voor Gustl een redelijke oplossing moeten vinden.' Hij draait zich om, snuift geënerveerd en beseft dat het laatste spatje geloof dat hij nog in de mensheid had met August Kubizek zal verdwijnen. Een commando komt me arresteren, sleurt me in een auto en neemt me mee naar nergens.)

Toch nam ik het risico. Dat lijkt me het voornaamste wat ik uit dit voorbije leven heb geleerd: leven zonder risico is erger dan de dood. Niets wat de moeite waard is, draagt niet de kiemen van de mislukking in zich. Mijn liefde voor Adi. De kinderen die ik op de wereld heb gezet. De tijd die ik in de muziek heb gestoken, de verborgen hoop om zoniet een tweede Mozart te worden, dan toch een tweede Brahms of Strauss. Mijn voornemen om iets voor de mensheid te doen, de Nufensteiner te doden en het offerdier te redden. Meer gefaald dan succes gekend, ik geef het toe.

Ik wilde die brief niet zozeer als afscheid schrijven, dan wel als verklaring. Opdat mijn zonen met opgeheven hoofd aan vader zaliger zouden denken. Opdat ze niet de kinderen van een mislukte muzikant zouden zijn, maar de zonen van een man van eer.

Opdat Hanna alsnog zou begrijpen dat het bestaan een vrolijk spel is dat je met je hele hart en je hele lijf moet spelen, dat de helft niet volstaat.

Als zo'n brief me vroegtijdig de dood zou injagen, zelfs als hij me verhinderde om mijn plan ten uitvoer te brengen... dan was dat maar zo.

Ik kan me mijn woorden niet precies meer herinneren, maar ik zal proberen ze weer te geven zoals ze in de poreuze lei van mijn hart staan gegrift.

Het is een paar weken geleden dat ik ze schreef, het lijken jaren.

Bayreuth, 27 juli 1939

Mijn liefsten,

Om meteen met de deur in huis te vallen: ik heb me bevrijd! Eindelijk heb ik de moed gehad om te doen wat ik moest doen. Mogelijk, nee: waarschijnlijk, zie ik jullie nooit meer weer. Of dan misschien in de hemel, waar wie weet onze zielen elkaar zullen troosten, maar nooit meer onze lichamen. Ik zal ze missen, jullie warme stevige lijven, geen kinderlijfjes meer en toch ook nog geen mannenlijven... En ja, Hanna, ik zal ze missen, je troostende vingers door mijn haar.

Ik besefte al een hele tijd dat Adi – die mens die me zo lief is, ondanks alles! – dat die Adolf Hitler gek is. Niet gek op een onschuldige manier, zoals, zullen jullie zeggen, ik zelf gek ben. Adi is gevaarlijk, omdat hij geen grenzen kent. Sinds hij als jongeman zijn leven is kwijtgeraakt, leeft hij op de rand van de dood. Hebben jullie nog niet gemerkt dat hij in wezen een levende dode is?

Oostenrijk, de Sudeten, het is hem allemaal te min. Straks wil die levende dode over Europa heersen. Hij zal oorlogen ontketenen, dood en verderf zullen het gevolg zijn. Duizenden zullen hun vader verliezen, hun man of vrouw. Moeders zullen hun zonen begraven, vaders hun dochters.

Hij moet sterven! Ik hoop hem straks een mes in zijn hart te planten. Zijn lijf zal weerstand bieden, en misschien zal ik op het allerlaatst de moed niet vinden. Maar het moet. Ik hoop dat August de Grote – zo noem ik mijn Alter Ego tegenwoordig – het in mijn plaats zal doen, zelf ben ik te klein...

Wat er daarna zal gebeuren weet ik niet. Het liefst wilde ik dat een woedende Feldgrauer me ter plaatse ombracht, dat iemand me liet leegbloeden in een roodfluwelen zetel terwijl de barokke klanken van Parsifal *steeds verder weg klinken, tot alleen de ijle hoorn nog overblijft, de hoorn die de eeuwige stilte in mijn kop zal blazen. Ik kan me geen mooiere dood wensen.*

Het is moeilijk nog dagen te moeten leven met mijn beslissing, maar het besef dat ik de mensheid iets zal geven, maakt ze draaglijk. Ik hoor jullie tot hier: en wij in dit alles? Het is helemaal waar, ik besef dat ik niet alleen zijn leven neem en het mijne, maar dat ik ook beslag leg op dat van jullie. Ik hoop dat jullie me – later, ooit – kunnen vergeven. Ik hoop dat de wereld op een dag mijn daad zal begrijpen... wie weet er dankbaar voor zal zijn. Zei Jezus zelf niet dat wie zijn leven wil redden het net kwijt zal spelen? En andersom? Ik heb geen bijbel bij de hand, maar daar komt het zo ongeveer toch op neer.

Kinderen, leef vrolijk en onbezwaard! Het leven is niet meer dan wat het is. We worden dan misschien wel oud, maar ook lelijk als we te veel belang hechten aan ons eigenste persoontje.

Leef vrolijk en royaal!
Ik hou van jullie.
Hoeveel, dat besef ik nu pas, bij het afscheid.
Hou van elkaar en, elk van jullie, hou van jezelf.
En ook van mij, toch, een beetje?

Mijn liefsten. Mijn ogen wenen en mijn hart... ik moet jullie laten gaan.

Adieu, of tot zeer spoedig.
Papa, August, Uiltje.

PS: Mogelijk zullen omstandigheden me verhinderen om tot de actie over te gaan. In voorkomend geval: doe niets, waarschuw niemand en vernietig deze brief terstond.

Nadat ik hem op de post had gedaan, gebeurde er tot mijn opluchting niets bijzonders. Ik zag geen verdekt opgestelde individuen en kwam tot de conclusie dat ik niet geschaduwd werd. Wellicht was de man die me onderdak bood – een zekere meneer K – zelf een spion of, als u dat liever hoort, een vertrouweling. Uit voorzorg droeg ik mijn mes op mijn huid. Mocht K het in zijn hoofd halen om mijn kamer te doorzoeken, hij zou er niets verdachts aantreffen.

Omdat het de eerste keer was, huurde ik een koets en liet me door de statige dreef naar boven rijden. De hoeven en het metaalbeslag van de wielen kletterden vrolijk op de straatstenen. De koetsier riep hujjieeeeh! wanneer hij tussen voetgangers en automobielen door laveerde en een ogenblik lang waande ik me weer in de vervlogen tijd van het keizerrijk. Niet veel later gaf ik hoed en stok aan een strenge garderobemeid, huurde 'de volgende keer tijdig bestellen, want het is mijn allerlaatste!' een toneelkijker en betrad de heilige grond van het Festspielhaus. Binnen heerste een beschaafde drukte. De uniformen, de nazi's en de domheid waren grotendeels buiten gehouden. A had daar zelf om gevraagd.

'Op uitdrukkelijk verzoek van de Führer en Rijkskanselier wordt u gevraagd om in het gebouw af te zien van alle uitingen die niets te maken hebben met het werk van Richard Wagner. Dank u.'

Het mocht geen festival van hakenkruisen en *Sieg Heils* worden, en maar goed ook. Twee dagen na elkaar zag ik *Der Fliegende Holländer*. De eerste keer met Jaro Prohaska in de hoofdrol, de tweede keer met Rudolf Bockelmann... een goedlachse kale kerel in het leven van alledag, een monument op de scène. De opvoeringen waren zonder uitzondering uitzonderlijk. Ik zag ook *Parsifal* en *Tristan und Isolde*. Ik bracht heerlijke middagen door in het Festspielhaus, met de ogen half dicht om beter te kunnen horen. Met de ogen wijdopen om de prachtige decors te kunnen bewonderen van de geniale Preetorius, die een echt spookschip op de planken toverde en van de bühne een wilde zee maakte. Nooit eerder genoot ik zo van mijn lichaam, van ogen en oren, de klanken in mijn kop. Het besef dat het einde nabij was, maakte me niet bang. (Toen nog niet.) Ik genoot van zon en zomer, van de muziek en de avondbries die me tegemoet woei wanneer ik – zonder koets deze keer – afdaalde naar de stad. De lucht aaide mijn hoofd zoals nooit een mens me had geaaid. Of toch, maar Adi's aaien waren vals gebleken.

38.

De Führer kwam niet, de Führer was 'elders'. Ik had spijt van mijn brief, begreep dat ik hem pas op het allerlaatst naar de post had mogen dragen. Hij zou kortelings in Eferding arriveren, vrouw en kinderen zouden hem onder ogen krijgen, in opperste verwarring. Het festival liep op zijn eind. Als laatste opvoering zag ik *Götterdämmerung*, met de dood en het recht op wraak als leitmotiv. Ik was geroerd door het spektakel, overdonderd door het thema. Wort-Ton-Drama! Weldra zou ik naar huis gaan of naar het asiel. Adi was niet komen opdagen, in beslag genomen als hij was door zijn oorlogsplannen.

Terwijl ik mijn valiezen pakte, wist ik niet of ik opgelucht moest zijn of teleurgesteld. Ik was nu eens opgelucht – het leven ging verder, mogelijk zou ik de kinderen van mijn kinderen nog in mijn armen dragen – dan weer diep teleurgesteld – ik zou de gruwel niet stoppen en voor de rest van mijn bestaan de kleine Gustl blijven, de ambtenaar uit Eferding, de vriend van de Führer die nooit had gedurfd. Toen Herr K van mijn nakend vertrek hoorde, vroeg hij me om mijn verblijf met een paar dagen te verlengen. Hij zei dat ik er geen spijt van zou krijgen en lachte gladjes. Bedoelde hij de extra rust en ontspanning die me vergund waren? Had hij het over zijn huisgebakken fruittaart, zijn voortreffelijke Pfälzer-wijnen en het gezelschap van zijn charmante en frivole gasten? Allemaal dingen die de vertwijfeling in mijn geest alleen nog konden doen toenemen. Of – wat ik hoopte en vreesde tegelijk – doelde hij alsnog op een mogelijke ontmoeting met Hitler? Wist hij allicht meer? Herr K draaide zich om en liep geluidloos weg, over dik tapijt.

Hoewel ik die avond bier dronk en schnaps, verhinderde een krop in mijn keel me te slapen. Mijn hart ging wild tekeer, alsof het een laatste keer wilde bewijzen hoe springlevend het wel was. Pas toen het weer licht werd, doezelde ik in, vatte net op het ogenblik dat ik wakker moest worden een onrustige slaap. Bij de ochtendkoffie kon mijn gastheer niet naast mijn toestand kijken. Hij zei dat hij het allemaal begreep, in werkelijkheid – een geluk! – had hij niets begrepen. Ik zei bij mezelf dat ik er klaar voor moest zijn. Klaar zijn, klaar zijn. KLAAR ZIJN! Toen ik het per abuis hardop zei, knikte Herr K ernstig. Ik liep door de dag als door een waas, hield lange conversaties met een holle uil en met August de Grote. Ging ik op bed liggen, dan soesde ik weg en droomde van de Weense kathedraal, de Steffl en zijn strenge biechtvader. Aan Adi zelf dacht ik zo weinig mogelijk. De dag verstreek, en op het ogenblik dat ik hem niet meer verwachtte stond er een SS-officier voor de deur. Hij zou me naar Wahnfried brengen.

39.

Hier wo mein Wähnen Friede fand...

Gebeiteld in goudgevulde letters, op het rozige carraramarmer boven de ingang. Maar tijd om te mijmeren was er niet. Een man in uniform kwam op me toe en salueerde, alweer hij: Julius Schaub. Net zo min als bij de vorige gelegenheden werd ik bij het binnenkomen gefouilleerd. Al liep de villa stilaan vol met schoon en belangrijk volk, Wini Wagner opende haar armen voor mij, haar boezem en haar lach. Ze had over mij horen spreken. Rudolf Hess groette me overdreven hartelijk. Een groepje ongeduldige generaals stond te fezelen. Geen van hen werd aan me voorgesteld, maar ik meende Von Neurath te herkennen, vroeg me opgewonden af wie Jodl was, wie Keitl.

De Führer ontving in de bibliotheek. Schaub kwam voor de tweede keer naar me toe en knikte: ik zou snel aan de beurt zijn. Het was als geruststelling bedoeld, maar het vergrootte mijn paniek. Het was me al lang niet meer duidelijk wat Hess van me verlangde toen hij me vragend in de ogen keek, het ontging me compleet waarom Winifred Wagner even later driftig stond te gesticuleren. Ik zocht de doorzichtige blik van Cosima, die me vanuit haar hoge positie verstrooid maar medeplichtig leek aan te kijken. Haar schimmige portret nam veel meer plaats in dan het bescheiden schilderij van Richard Wagner zelf.

Winifred kwam weer naar me toe, zei glimlachend dat ze weliswaar begreep dat ik daar handenwringend naar het roemrijke verleden stond te staren maar dat het beter zou zijn als ik iets nuttigs deed met die getalenteerde handen. Of ik op haar piano wilde spelen, ze zou het een eer vinden.

Na enig verzet en het vertoon van de gepaste bescheidenheid zat ik, August Kubizek, achter de Wahnfried-Flügel... bespeelde ik de Steinway waar Franz Liszt nog op gemusiceerd had. Terwijl ik de toetsen met overdreven eerbied streelde, bleef Wini Wagner nog een tijdje aan mijn zij. Had ze me door? Had zij meteen begrepen waar mijn zenuwen vandaan kwamen? Zou zij de Führer van een gewisse dood redden en zo de heldin worden van een volk, een rijk en zijn leider? Winifred Wagner was een imposante vrouw die me enige eerbied inboezemde – inboezemde! – maar vooral toch angst. Als weeskind was ze op haar zeventiende met haar pleegouders uit Engeland naar Bayreuth gekomen, was daar met zoon Wagner gehuwd en vervolgens uitgegroeid tot de vrouw die niet alleen de villa dirigeerde, maar de hele Festspiele en bij uitbreiding de stad. Ze had, zo werd gefluisterd, 'invloed op Hitler'. Toen ze weer naar haar generaals ging, tokkelde ik nog wat voorzichtige noten. Niemand leek te luisteren en zelf vergat ik wat ik aan het spelen was. De villa had lak aan muziek en vertier, Wahnfried stond voor één keer niet in grote maar in kleine terts. Ik ving flarden op van gesprekken over militaire zaken. De oorlog was nu echt nabij...

Zou Wini me zo meteen, voor het binnengaan, nog vriendschappelijk vastpakken, om dan vast te stellen dat ik een mes... De muren waren donkerrood en van alle mensen in de villa was ik diegene met het minste aanzien. En toch zou de geschiedenis – de Geschiedenis! – alleen mijn passage onthouden. Hopelijk, misschien... dat hing van mij af. Van August Kubizek, zijn mes en de vastberadenheid van zijn arm. Wat deed ik als hij een gewapend vest droeg? Een wambuis uit hard leder? Voor ik hem in het hart kon treffen moest ik een onbeschermd deel van zijn lichaam zien te raken... zijn nek? Ik was het gewend geraakt om bloed uit een tere hals te zien gulpen. Ik moest klaar zijn. KLAAR ZIJN! Echo's van conversaties over oorlog en dood waarden door de villa. 'Wahnfriede... Wahnfriede meer dan Wahnfried,' hoorde ik mezelf zeggen, maar zelfs Winifred lette niet meer op mij. We leefden in de waan van de vrede, een verre en vreemde vrede. Adi bevond zich in een huis dat de waanzin en de vergissing tot in zijn naam droeg.

Mijn beurt, en ik werd alweer niet gefouilleerd. Julius Judas Schaub sloot nauwlettend de deur achter zich en liet me alleen, alleen met mijn beslissing. Ik weigerde om me in het gezelschap van Adi te voelen. Ik was niet alleen met mijn vriend, ik was alleen met de Führer. Ik bedankte hem voor zijn uitnodiging en probeerde me de Wagner-opvoeringen voor de geest te halen die me zo in vervoering hadden gebracht. Na een tijdje vond ik de juiste woorden en durfde ik hem recht in de ogen te kijken.

Zijn snorretje stond, vond ik, droef. Ik schoof langs de wanden van de bibliotheek waar de Wagners hun literair erfgoed hadden opgeslagen. *Römische Geschichte... bis zur Schlacht von Pydna*. De geschiedenis stond bol van de slachtpartijen, wat zou die ene moord uitmaken? *Histoire des anomalies*, drie in zwart leder gebonden delen, met strepen rood en blauw. Wie bepaalde wat normaal was en wat niet? Was het normaal een man lief te hebben, deze man lief te hebben? *Lutheri Operum*, de werken van Luther broederlijk naast Erasmus en Dante Alighieri. Cherubini, Spontini en Rossini. *Die Deutsche Heldensage, I und II*. Zou ik er een hoofdstuk aan durven toe te voegen? Na een minuut of tien stond hij op. Hij had zorgen aan zijn hoofd en was niet van plan om nog langer te luisteren naar een half doorleefde half verstrooide uiteenzetting over een Vliegende Hollander. Ik zette enkele stappen in zijn richting. Een paar tellen lang keken we elkaar in de ogen. Zijn blik was taaier dan de mijne en ik week in onmacht achteruit. Nooit zou ik hem kunnen doden, wat had ik me in mijn hoofd gehaald? De kracht ontbrak me, de overtuiging zat alleen in mijn hoofd, terwijl mijn lichaam door zachtmoedigheid, liefde en melancholie werd overheerst. Gustl zou nooit een man van daden zijn. August de Grote was niet meer dan een hersenschim en straks, in Eferding, zou ik in een dwangbuis naar het asiel worden gebracht. Gespaard, maar gek verklaard op bevel van de Führer. Of weggeborgen in het vredige dorp van Mauthausen, aan de stinkende Donau, de rivier die alles vergat en vergaf.

Hij aarzelde en ging in de erker staan, draaide zijn rug en stak zijn handen in zijn zakken. Tegen het licht dat uit de grote vensters scheen, leek Adolf Hitler niet meer dan een iel, verwrongen silhouet. Een figuur die niets had van een kanselier, en al helemaal niets van een oorlogszuchtige Führer. Hij was gewoon Adi, mijn ouder wordende Adi.

De ovalen erker gaf uit op de tuin en bood een uitzicht op het graf en het park. Hij keek naar boven – de lucht was helder – en gaf me een teken. Ik moest volgen.

'Naar?'

Hij streek zijn haren glad en glimlachte.

'Zal je wel zien.'

Het pad, met bloemen omzoomd, gevuld met geuren die me aan Wenen deden denken, Wenen in de zomer. Hij snoof dezelfde herinneringen:

'Weet je wel, Gustl, onze Weense wandelingen!'

Hij wachtte niet op een antwoord. Ik volgde hem, machinaal, zoals ik hem altijd al machinaal had gevolgd. Maar mijn ogen liepen vol. Hoorde ik dan bij diegenen die het konijn niet eten dat ze de vorige avond nog hebben gestreeld? Kalmte en rust! Hij stopte en pakte mijn hand vast. We waren beslist alleen, nooit zou hij mijn hand vastpakken in het bijzijn van zijn Rudolf en Julius, nooit zou hij mijn vriend zijn voor de ogen van zijn generaals.

We stonden bij het graf van de oude meester, de laatste rustplaats van Richard Wagner en zijn vrouw Cosima.

Een steen omzoomd met struiken, groot maar eenvoudig, zoals de meester zelf.

'Weet je nog, Gustl, mijn oude droom? Met hem is alles begonnen!'

Hij liet mijn hand los. Ik had gewild dat zijn droom zou eindigen daar waar hij begonnen was.

'Wagner zou alleen in hoofdletters geschreven mogen worden, net als de Gouden Geschiedenis van het Duitse Rijk. Hier in Wahnfried, Gustl, elke keer, sta ik aan ZIJN graf. Soms alleen, soms ook met hem, met Julius. Alleen echte vrienden begrijpen zoveel grootsheid.'

Ik liet zijn hand los en boog voorover, alsof ik een ogenblik voor Richard Wagner wilde bidden.

Hij bleef rechtop staan.

'Julius,' riep hij plots – klonk er paniek in zijn stem? – 'hoor je me?'

Julius Judas hoorde hem niet.

Adi streek voor het laatst over zijn haar.

'Julius?'

Ik stond recht en plantte mijn mes met een ongekende kracht in zijn nek. Hij krijste, maar ondernam niets. Ik herhaalde mijn beweging. Steek. En nog eens. En nog en nog. Zonder razernij, onachtzaam zoals de slager een schaap slacht, met aandacht maar zonder emotie.

Het vlees bood een zekere weerstand, maar mijn arm was sterk. De laatste keer draaide ik het heft voor ik het er weer uittrok. Zijn verzet was onbetekenend, na een tijdje viel hij als een nat doek naar beneden, ridicuul voor een Führer. Ik keerde zijn warme lijf om, en trof hem twee, drie keer in zijn hartstreek. Hij droeg geen bescherming. Donker bloed kleurde zijn uniform. Zijn nek was een massa lillend vlees, uit zijn mond kwam een doodsreutel. Hij wilde iets zeggen, maar door het bloed in zijn luchtpijp bleef zijn laatste leugen in zijn binnenste steken. Blijkbaar had niemand zijn kreet gehoord. De Führer was dood, mijn Adi of wat er van hem overbleef. Net vijftig geworden. Het leven ontnomen op het graf van de man die zijn waanzin in het leven had geroepen. Ooit Adi, zouden we naast elkander wonen. Jij zou mijn huis bouwen... jij de architect en ik de muzikant, wij samen vrienden voor eeuwig. Welkom, Adi, in de hemel.

Zijn lichaam lag half op, half naast het gepolijste graf. Hem omkeren, zodat hij met zijn laatste ogen de zon zou zien, dacht ik, maar het dode lichaam bleek te zwaar. Het liefst had ik ter plaatse een graf voor hem gedolven, naast dat van de meester, maar de werkelijkheid kreeg me stilaan in haar greep. Ik had een moord gepleegd – dé moord gepleegd – en zat onder het bloed. Mijn benen begonnen te lopen, weg van het graf, weg van de villa. Ik kwam bij een muur die ik met mijn oude botten onmogelijk kon overwinnen. Bleef de muur volgen in naar ik vermoedde oostelijke richting en kwam terecht bij een ingang die bewaakt werd door een argeloze jongeman. Hij droeg een vlekkeloos uniform dat nooit een spatje bloed had gezien. Mocht het zo blijven! Dat het bloed dat ik zonet had gestort, mocht volstaan om de woede van de goden af te kopen en de waanzin van de vriendschap. Ik plukte een late roos en stapte op de soldaat af.

'Ik heb zopas Reichsführer Hitler vermoord,' zei ik, verbaasd over de draagwijdte van mijn boodschap en de rust in mijn stem.

De soldaat, door paniek bevangen, wilde vluchten.

Ik beval hem te blijven staan, me tot in de villa te brengen.

'Wees niet bang, ik stap gewoon met u mee tot bij uw overste.'

In de villa was de moord intussen ontdekt. Zijn lichaam werd nog naar het hospitaal gebracht, maar ik was zeker van mijn zaak. Allerlei volk liep ordeloos door elkaar. Huispersoneel riep tegen ministers, adjudanten gaven orders aan generaals. Hess deed niet mee, hij zat uitgezakt in een zetel in de hoek. Zou hij het van Hitler overnemen? Was hij klaar? Was hij gek genoeg?

De jonge soldaat die me naar binnen had gebracht, had intussen de allures aangenomen van een held. Met zichtbare tegenzin leverde hij me uit aan een groepje officieren.

'Waarom, waarom,' riep Wini Wagner, meer voor zichzelf dan tegen mij. Julius Judas sprong me naar de keel als ging hij me vermoorden, maar juffrouw Hess riep vanuit de hoek dat hij me met rust moest laten.

Hij was het, Rudolf Hess, de plaatsvervanger, die over mijn lot besliste.

Ik werd door een lange SS'er naar een auto gebracht en werd geblinddoekt.

In de verte zong een vrouw een treurig lied.

August Kubizek, september 1939

40.

Sinds die dag wacht ik in stilte. Als mijn aftelling klopt, dan leef ik nu twaalf dagen in isolement, afgesloten van alles – zelfs van mijn eigen zintuigen. Mijn buren zijn diffuse witte vlakken, die geloof ik geen buren zijn maar muren. Ik ga op de grond liggen met opengesperde ogen en kijk naar het abstracte lijnenspel dat plafond wordt genoemd. Alles smetteloos en, op één bruine vlek na, kleurloos. Hoe graag zou ik de geur snuiven van een stoofpotje, van groene zeep.

Kamer zonder uitzicht. Twaalf dagen al – dertien, elf, wat maakt het uit – en er gebeurt niets, nog altijd niets. De dood van de Führer moet toch een schokgolf over het land hebben doen rollen, reacties hebben teweeggebracht in binnen- en buitenland. Een gevoel van opluchting, in Tsjechoslowakije en Frankrijk, van Polen tot België. Bij ons ook, en zelfs in Duitsland. Hebben duizenden nazi's een lange treurmars naar Bayreuth ingezet? Is er een opstand uitgebroken? Ik blijf in het ongewisse. Over mijn eigen lot en over de gevolgen van mijn daad. Ik weet zelfs niet of mijn familie mijn brief heeft gekregen.

Ondervraagd. Voor de eerste keer... Ruw, zonder mededogen. Ik weet niet hoe lang het heeft geduurd. Een uur, misschien twee.

Ze wilden weten wie mijn opdrachtgever was.

Ik heb hen de waarheid gezegd, tien keer, twintig.

'Er is geen opdrachtgever.'

De waarheid vonden ze onvoldoende.

Ik heb hen gezegd dat ik het hele verhaal had opgeschreven, dat de waarheid te vinden was op de papieren in mijn cel.

Ze antwoordden dat de papieren zich niet meer in mijn cel bevonden.

Dat is ook zo. Mijn bundeltje is verdwenen.

Ze hebben, geloof ik, met de ondervraging gewacht tot het hele verhaal op papier stond.

Ik heb hen nog om een laatste paar vellen gevraagd.

Dat plezier wilden ze me nog gunnen.

Ik heb mijn ondervragers niet in de ogen kunnen kijken, het waren schimmige figuren in het donker. Een grote lamp verblindde me. Als ik mijn ogen sluit, zit de witte bal nog op mijn netvlies.

Het is me duidelijk geworden dat er geen proces zal volgen. Dat er geen juryleden zijn.

Ik weet niet waarom ik deze regels nog schrijf.

Voor de geschiedenis, misschien.

Een paar heren in SS-uniform zijn gekomen.

Schlächter was een van hen. Hij bekeek me met een koude blik, alsof ik een slachtvarken was, een kip of martelkat.

'Ik heb het altijd geweten,' zei hij, en 'smerige homo, smerige 175'er'. En dat niemand geloofde dat ik het voor

de mensheid had gedaan. Hij toonde me een krant:
'Portret van Augustine Niemand.'
Of hoe een 175'er dacht dat hij Hitlers vriend was.

Er kwam een man binnen van het militair hof. Zesentwintig woorden heeft hij gezegd. 'Gevangene nummer 122 wordt hiermee op de hoogte gebracht van het feit dat hij morgen bij het ochtendgloren zal worden geëxecuteerd. Op bevel van de Führer.'

Van de Führer.

Zou Hess zich Führer laten noemen? Of Goering?

Meteen daarna hebben ze mijn cel verlaten.

Ik heb nog geroepen, naar Schlächter.

Of hij wilde zeggen aan mijn kinderen dat ik hen graag zag.

Hij heeft niet geantwoord.

Ik ben dus nummer 122.

Dat is niets, 122.

Meteen na de zesentwintig woorden zijn mijn bewakers gekomen, allebei.

Ze hebben me een maaltijd gebracht die copieuzer was dan anders.

Er lag een pakje sigaretten bij.

Ik rook niet meer.

De zwaarste heeft me een schouderklopje gegeven.

Ik denk dat ze het me al bij al niet kwalijk hebben genomen.

Het is niet zozeer de dood die me angst aanjaagt, maar het feit van niet langer te leven.

Komt God straks, of de leegte?

41.

Het moet ochtend zijn. Ik heb wat geslapen en het is koud. In mijn hoofd klinkt een van die trieste *Kindertotenlieder* uit mijn jeugd. Is er iets mooiers dan muziek?

Nun will die Sonn' so hell aufgehn,
Als sei kein Unglück die Nacht geschehn!
Das Unglück geschah nur mir allein
Die Sonne, sie scheinet allgemein!

Het rijshout is zijn bladeren kwijtgeraakt, ze vormen een frêle tapijt van vergankelijkheid. De beuken paars, de kastanjes roodbruin.

'Het bos was erg mooi vandaag,' zei ik bij mijn terugkeer. En dat de herfst begonnen was.

Woorden zijn zo ontoereikend.

Misschien komen we straks voorbij een venster.

Ik zal de SS'ers vragen om even nog naar de zon te mogen kijken.

De zon, die morgen weer zo algemeen zal opgaan.

Er klinken, geloof ik, voetstappen in de gang.

Nawoord

August Kubizek
°03.08.1888 Linz
+ 23.10.1956 Linz
Beamter und Dirigent.

Zo staat hij anno 2007 in de annalen van de Oostenrijkse muziekgeschiedenis. Hij zou daar best trots op zijn. 'Meer dan vijftig jaar na mijn dood een vermelding waard in het *Oesterreichisches Musiklexikon*. Ondanks alles ben ik toch niet helemaal onbetekenend geweest, als muzikant...' Zoiets. Maar als August Kubizek vandaag nog in de herinnering leeft, is dat niet te danken aan zijn muzikale prestaties. Ook na zijn dood is hij in de eerste plaats de vriend gebleven van Adolf Hitler.

De historische figuur August Kubizek

Het lot is August Kubizek niet gunstig gezind geweest. Twee oorlogen hebben een nefaste invloed gehad op zijn gezondheid en zijn muzikale carrière. Bovendien had hij het ongeluk een tijdlang de boezemvriend te zijn geweest van een onbetekenende en vreemde jongeman, van wie niemand toen geloofd zou hebben dat hij dertig jaar later de wereld in het verderf zou storten. Een toeval dat Kubizek na de oorlog zestien maanden gevangenis heeft gekost. Omdat hij de vriend van Adolf Hitler was geweest. In meer dan één opzicht?

De fictiefiguur August Kubizek groeit in mijn verhaal – een beetje ondanks zichzelf – uit tot een (jaloerse) held. De historische Kubizek was géén held, en heeft er nooit aan gedacht om Hitler te vermoorden. Waarom zou hij ook? Van al die 'politiek' beweerde hij niets te begrijpen, en het feit dat hij Hitler persoonlijk kende, leverde hem toch vooral voordelen op. Zo kon hij naar Bayreuth reizen. De 'onvergetelijke' opvoering van *Götterdämmerung* mogen meemaken in het Festspielhaus was voor de gemiddelde melomaan uit Eferding allicht te hoog gegrepen. Niet zo voor August Kubizek. De muzikale scholing van de drie zonen Kubizek is door de Führer betaald. Mogelijk heeft Kubizek van de nazi's ook geld gekregen, in ruil voor een boekje over zijn jeugdherinneringen. Om nog te zwijgen van het prestige dat zijn vriendschap met Hitler met zich bracht. Geen wonder dus dat August Kubizek de dag van de dood van de Führer, 30 april 1945, een 'verschrikkelijke dag' noemt. Voor hem was het niet het begin van de bevrijding, het was het begin van een nieuwe nachtmerrie, die zou eindigen in een Amerikaanse gevangenis.

1953: Adolf Hitler, mijn jeugdvriend

Veel bronnen over de vreemde, mogelijk homofiel getinte, jongelingenvriendschap tussen Kubizek en Hitler bestaan er niet. Natuurlijk is er *Adolf Hitler, mein Jugendfreund*. Ondertekend door Kubizek zelf, maar slechts gedeeltelijk door hem geschreven. Want Kubizek geeft toe dat hij niet met tekst overweg kon, dat zijn talent in de muziek lag, niet in het woord.

Adolf Hitler, mein Jugendfreund is uitgegeven in 1953, op een ogenblik dat de wederopbouw aan de orde was. De oorlog was geschiedenis, Nürnberg lag achter de rug, Duitsland en Oostenrijk wilden liever niet aan het kwalijke verleden worden herinnerd. Waarom heeft Kubizek zijn verhaal dan toch gepubliceerd? Waarom wilde hij uitpakken met het feit dat hij de vriend was van de man die de wereld in ellende had gestort? En welke ghostwriter wilde meewerken aan zo'n boek? Is het geschreven in opdracht van een paar nostalgische nazi's? Zag Kubizek zijn boekje als een persoonlijke apologie, een rechtvaardiging voor zijn eigen onbegrepen levensloop, of werkte hij bewust mee aan een hagiografie van Hitler? Zelf zegt de 'auteur' er in zijn voorwoord het volgende over:

'Het is niet zonder schrik dat ik besloten heb om dit boek te schrijven over mijn jeugdvriend Adolf Hitler, want ik loop het grote gevaar van verkeerd begrepen te worden. Maar de zestien maanden gevangenis die de Amerikanen me hebben opgelegd in 1945, toen ik toch al 57 jaar was, hebben mijn gezondheid verder ondermijnd. Ik moet dus gebruikmaken van de weinige tijd die me nog gegeven is.'

Niet geheel ten onrechte, want Kubizek zou drie jaar na publicatie sterven. De ernstige biografen van Hitler beschouwen *Adolf Hitler, mein Jugendfreund* als een secundaire en verdachte bron. Ze zien het boek als postume propaganda en het is dan ook jarenlang in de vergetelheid geraakt. Pas het voorbije decennium is het opnieuw gepubliceerd, in het Duits en ook in het Engels, en heeft het een zeker succes gekend, vooral dan bij neonazi's en nostalgici van het Derde Rijk. Een korte blik op de Duitse Amazon-website zegt genoeg. De lezers vinden het boek van Kubizek *empfählenswert*, aanbevelenswaardig. 'Jammer is hooguit dat de auteur – en dat is in Duitsland toch ongebruikelijk – Hitler zo extreem glorificeert...' (Een beetje glorificeren mag, maar zo extreem is er toch over.) Anna uit Stuttgart heeft haar hele jonge leven gewijd aan de studie van Hitler en vindt het jammer dat 'deze waarheid' zo weinig aan bod komt. Op een internetsite van verdacht allooi wordt het werk van Kubizek 'buitengewoon' genoemd, omdat de openbaring van de voorbestemdheid van de Held, van de geïncarneerde God er zo duidelijk uit af te lezen valt. 'Men lette erop dat Adolf in die tijd 15 tot 19 jaar oud was,' schrijft een enthousiaste aanhanger. 'Onze huidige jeugd rookt, zuipt en speelt Playstation op die leeftijd.' Dan toch liever wat jodenhaat verspreiden!

In 1938 al bleken verschillende nazi's bijzonder geïnteresseerd in de 'jeugdherinneringen'. Dat schrijft Kubizek zelf. Naar we mogen aannemen, wilden die partijbonzen vooral de brieven en de postkaarten die Adolf Hitler aan Kubizek schreef in hun bezit krijgen. De Amerikaanse historicus Frederic Spotts schrijft in zijn *Hitler and the power of Aesthetics* dat Hitler zelf in 1943 een geldsom aan Kubizek zou hebben overhandigd, met de belofte van een maandelijks stipendium erbovenop. In ruil moest Kubizek zijn opgesmukte biografie schrijven, het zwarte gat vullen, de missing link. Kubizek zou dat ook gedaan hebben en in 1944 of 1945 twee versies hebben afgeleverd van een relatief onbeduidend boekje. Dat, om evidente oorlogsredenen, op dat ogenblik niet gepubliceerd is. Nog altijd volgens Spotts is het uiteindelijk in 1953 uitgegeven werk *Adolf Hitler, mein Jugendfreund* weliswaar gebaseerd op het boekje van Kubizek, maar is het door de ghostwriter aangevuld en uitgebreid met hagiografische elementen. Zo zou Kubizek in zijn oorspronkelijke verhaal met geen woord hebben gerept over Sofie, het (joodse!) meisje waar Hitler verliefd op zou zijn geweest. Sofie zou een apocriefe toevoeging van de ghostwriter zijn, die het nodig vond een meisje aan het jongelingenverhaal toe te voegen.

Hitlers hagiografie

De nazi's waren meer geïnteresseerd in August Kubizek dan andersom. De passages over de ontmoetingen van Kubizek met Bormann of Hess roepen vragen op die tot vandaag onopgelost blijven. Verschillende hooggeplaatste nazi's hebben immers contact gezocht met de toch onbeduidende August Kubizek. Waarom? De man kan maar in één opzicht interessant zijn geweest: als bron voor de geschiedenis van de jonge Hitler. In *Mein Kampf* loopt Hitler namelijk met een grote boog om zijn Weense jaren heen. Het waren 'verschrikkelijke jaren die hem gehard hebben', veel meer komen we er niet over te weten. Een lacune die een aandachtige lezer ook toen niet ontgaan kan zijn. Kubizek kon in een nieuwe biografie dus dienst doen als stoplap, als gaatjesvuller voor de lamentabele jaren van de jonge Hitler. Kubizek – muzikant, vader, ambtenaar – was immers uitgegroeid tot een min of meer eerbaar man, een vriend die aan de buitenwereld kon worden getoond. Andere 'vrienden' had de jonge Hitler nauwelijks gehad, en zeker geen eerbare! Zoals bekend vormen Hitlers jeugdjaren een aaneenschakeling van miserie en ongeluk. Er kon maar één iemand de jeugd van Adolf Hitler normaler voorstellen dan ze was geweest, en die iemand was August Kubizek. Hitler zélf wordt in het boek van Kubizek geciteerd: 'Als er iemand is die in aanmerking komt om over mijn verleden te schrijven, dan ben jij het wel, Kubizek.'

In 1933, wanneer Kubizek voor het eerst in jaren van zich laat horen, begrijpt Hitler blijkbaar meteen dat die Kubizek hem nog diensten kon bewijzen. Waren er toen wellicht al plannen voor een hagiografie? Werd toen duidelijk dat de oplossing voor het zwarte gat in de levensloop van de Führer wel eens in Eferding zou kunnen wonen? Die kans lijkt reëel. Waarom anders zou Hitler zelf meteen toespelingen hebben gemaakt op latere ontmoetingen? Waarom zou de onbetekenende Kubizek de belangstelling hebben weggedragen van de hoogste nazi's, als het niet in zijn hoedanigheid van biografische stoplap was?

'Doctor Goebbels stuurde een sympathieke jonge man op me af, Karl Cerff. Hij deelde me mee dat men had besloten om een biografie van Hitler te publiceren en dat men een beroep wilde doen op mij voor de periode 1904-

1908. Dat men me daarom naar Wenen zou laten komen. Dat voorlopig een gedetailleerd verslag van mijn herinneringen kon volstaan.'

Of nog: 'Daarentegen maakten de bezoeken van de volhardende Martin Bormann me ongerust. (...) Toen hij eiste dat ik zonder verwijl een schets van een boek over mijn jeugdherinneringen zou sturen antwoordde ik dat ik dat toch liever eerst de kanselier zélf zou vragen.'

En: 'Ik herinner me met plezier mijn ontmoeting met Rudolf Hess. Net aangekomen in Linz liet hij me met de auto afhalen en naar zijn hotel op de Pöstlingerberg overbrengen. Toen hij me zag, begroette hij me heel hartelijk en riep vrolijk uit: "Daar ben je dan eindelijk, Kubizek, de Führer heeft me zoveel over jou verteld..."'

Neen aan de partijbonzen

De ware toedracht van die ontmoetingen blijft omgeven met een waas van onopgeloste vragen. De contacten met vooraanstaande nazi's kwamen er niet op verzoek van kleine garnaal Kubizek, het zijn de partijbonzen zelf die contact zochten met het burgermannetje uit Eferding. Dat Kubizek aantekeningen had gemaakt, dat hij beschikte over brieven, postkaarten en tekeningen van de jonge Hitler was dus klaarblijkelijk in brede nazikringen bekend.

Uit de verklaringen van Kubizek kunnen we twee dingen afleiden. Ten eerste valt op dat verschillende partijbonzen met elkaar in de clinch zijn gegaan om de 'documenten' van Kubizek te bemachtigen. Ten tweede laat kleine garnaal Kubizek duidelijk blijken dat hij sommige toplui van de NSDAP rustig kan afpoeieren. Dat schreeuwt om een verklaring. Kubizek heeft de brieven en tekeningen aan Hitler zelf laten zien. De Führer benadrukte 'dat ze hem (Kubizek) en alleen hem toebehoorden'. Als dat waar is, dan wordt het raadsel alleen maar groter. Want waarom blijven sommige nazi's dan toch hardnekkig proberen om de 'documenten' in handen te krijgen? Was het die hooggeplaatsten er alleen maar om te doen om Hitler een mooiere levensloop te gunnen? Of zochten ze via Kubizek wellicht niet Hitlers belang, maar net hun eigen zaak te dienen? Martin Bormann bijvoorbeeld vond 'dat de documenten in het partijarchief thuishoorden', en dus aan hem moesten worden overhandigd. Kubizek kon hem wandelen sturen, en haalde daarbij de woorden van de Führer aan. Vreesde hij dat de documenten in verkeerde handen zouden kunnen vallen? Vermoedde hij en enkele andere partijbonzen dat de documenten bezwarende informatie bevatten? Zo ja, welke dan? Iets over de verhouding tussen Kubizek en Hitler misschien? Want wat kon er potentieel bezwarender zijn dan mogelijke homo-erotische toespelingen tussen de twee jongelingen?

Over de seksuele geaardheid van Adolf Hitler weten we weinig met zekerheid, we kunnen er alleen niet omheen dat vrouwen in zijn jeugdjaren maar een kleine rol hebben gespeeld. Met uitzondering dan van zijn moeder... Van meisjes is in het getuigenis van Kubizek nauwelijks sprake. Ja, er is zoals gezegd het mythische en mogelijk apocriefe verhaal over Stefanie. Overigens, toen een onderzoeker de vrouw zelf later confronteerde met 'Hitlers passie voor haar' viel ze uit de lucht. In de toch broeierige sfeer van het Wenen tijdens de belle époque zou de jonge Hitler volgens Kubizek wel aandacht hebben gekregen van vrouwen, maar nooit op hun avances zijn ingegaan. Predikte Hitler, zoals Kubizek (of zijn ghostwriter) ons wil doen geloven een soort van principiële onthouding? Had hij eenvoudigweg angst voor seks? Of had hij geen belangstelling... omdat hij zich nu eenmaal niet tot vrouwen aangetrokken voelde?

Recent onderzoek, zoals dat van de Bremense historicus Lothar Machtan in zijn boek *Hitlers intieme kring* (De oorspronkelijke Duitse titel heeft het over *Hitlers Geheimnis*), draagt elementen aan die het feit dat Hitler mogelijk homofiel was kunnen staven. Was Hitlers homoseksualiteit het geheim waar Kubizek over beschikte? Was het daarom dat verschillende partijbonzen meteen na de Anschluss beslag wilden leggen op zijn documenten? Het spreekt vanzelf dat deze informatie explosief materiaal was. Wie erover kon beschikken kreeg de macht om de Führer te chanteren, of kon de documenten gebruiken als een vorm van politieke levensverzekering. Het feit dat de nazi's hun oorspronkelijke tolerante houding tegenover homoseksualiteit hebben gewijzigd en zijn overgegaan tot meedogenloze vervolging en de roze driehoek wordt soms ingeroepen als bewijs van Hitlers heteroseksualiteit. Maar dat argument snijdt geen hout. De perfide redenering 'wie homoseksuelen vervolgt, is zelf geen homo' is immers net zo plausibel als de tegenovergestelde assumptie.

Over de seksualiteit van Hitler is er veel geschreven, maar weinig met zekerheid bekend. In Amerika heeft het boek *The Pink Swastika – Homosexuality and the Nazi Party* van Scott Lively en Kevin Abrams een paar jaar geleden veel stof doen opwaaien. (Het boek toont hoe de omgeving van de jonge Hitler en de NSDAP homoseksualiteit hoog in het vaandel voerden, terwijl Hitler zélf volgens Lively en Abrams waarschijnlijk géén homo was.) Vooral in liberale kringen en bij holebi-bewegingen is erop gewezen dat het boek onnauwkeurigheden bevat. Het zou een poging zijn van ultraconservatieve christenen om de homobeweging in een duister daglicht te plaatsen. Toch heeft de discussie over de mogelijke homoseksuele geaardheid van Hitler de jongste jaren aan historisch belang gewonnen. Terloops mag worden opgemerkt dat er ook in de jaren dertig al vragen rezen. Martha Dodd, de dochter van de Amerikaanse ambassadeur in Berlijn die de Führer wel eens ontmoette, schrijft in haar *Through Embassy Eyes* uit 1939: 'In diplomatieke kringen, in het geroddel van de salons, was er complete verbijstering over Hitlers privé-leven. Namen van zowel mannen als vrouwen doken op om meteen daarna weer te verdwijnen (...)'

Zoals gezegd, de ultieme waarheid over Hitlers seksualiteit is nog niet geschreven, maar één conclusie mag als een feit worden beschouwd: er was iets mee aan de hand. Denken we maar aan de verhalen over plasseks met zijn nichtje Geli Raubal, of aan de anekdote over de ene teelbal... verhalen, geen feiten, omdat ze de wereld zijn ingestuurd door onbetrouwbare of niet-verifieerbare bronnen. De hoe dan ook wazige seksuele identiteit van Hitler biedt vanzelfsprekend geen verklaring voor de nationaalsocialistische ideologie, de holocaust en het drama van de Tweede Wereldoorlog. Het kan hooguit een *complément d'information* zijn, een element dat de complexe psychologie van Hitler in een enigszins ander daglicht kan stellen.

Hoe ook, het Kubizek-verhaal maakte klaarblijkelijk deel uit van de talloze intriges die zich in de hofhouding rond de Führer afspeelden. Feit is dat Hitler zelf zich openlijk weinig om de hele zaak heeft bekommerd. Mogelijk omdat hij zich ervan had vergewist dat 'Gustl' het prototype was van de hondstrouwe volgeling. Omdat hij wist dat August Kubizek 'zijn' Adi nooit zou verraden. *Freundschaft* heet zoiets, en als we Kubizek mogen geloven betekent vriendschap in het Duits iets heel bijzonders:

Een werknemer van de Amerikaanse C.I.C. vroeg me:

Dus, u was een vriend van Adolf Hitler. (...) Later heeft hij u teruggezien.

Ja.

Vaak?

Soms.

Hoe kon u tot bij hem geraken?
Ik ging hem opzoeken
En dan was u bij hem, vlakbij hem?
Ja, vlakbij.
Alleen?
Alleen.
Zonder bewaking?
Zonder bewaking.
U had hem kunnen vermoorden?
Ja.
Waarom hebt u hem niet vermoord?
Omdat hij mijn vriend was.

Ik raakte stilaan gewend aan dat soort van domme vragen, en gaf het op om hen de betekenis van het woord vriendschap in het Duits uit te leggen.

(uit *Adolf Hitler, mein Jugendfreund*, 1953)